「──殿下」
「ったく、危ないって言っただろ？」
梯子から落ちた私を、
殿下が優しく
受け止めてくれた。
さながら姫を抱き上げる
王子様のように。

アレクトス・デッル
王国最高の魔術師にして、
天才の名をほしいままにする第二王子。
自分でも習得できなかった最高難度の
ルーン魔術を操るメイアナに興味を持つ。
メイアナ・フィリス
ルーン魔術しか使えないことが原因で、
優秀な姉と比べられて無能と蔑まれていた令嬢。
アレクトスにその魔術の腕を認められたことが
きっかけで、本来の有能さを発揮していく。

カイジン
盗賊を相手に
大立ち回りをしていた戦士。
武者修行中だったが、アレクトスたちの
強さを気に入り仲間になる。
シオン
平民出身の気弱な少年騎士。
聖剣に選ばれた勇者であり、
聖剣を抜くと凛々しくなる。

「【ᛋ《ソウェル》】!」
太陽のルーン。
光を収束し、純白の砲撃が
お姉様に発射される。

ルーン魔術だけが取り柄の不憫令嬢、天才王子に溺愛される

～婚約者、仕事、成果もすべて姉に
横取りされた地味な妹ですが、ある日
突然立場が逆転しちゃいました～

1

SORA HINOKAGE
日之影ソラ
ILLUST. 眠介

口絵・本文イラスト　眠介

CONTENTS

プロローグ◆時代遅れの魔術師

技術は時代と共に変化する。その時代を生きる人々の手によって作られ、使われ、最適化される。

魔術《まじゅつ》も同じだった。太古昔に生まれた原初の魔術は、長い年月をかけて魔術師にとって最適な形へと変化する。

今も尚《なお》、その変化は続いている。

更新《こうしん》される常識や解釈《かいしゃく》に乗り遅れてしまえば、周囲からは時代遅れと馬鹿にされる。

そう、私のように。

「メイアナ、君との婚約《こんやく》を破棄《はき》する」

「――え」

突然《とつぜん》の出来事だった。だけど私は、心の中でこうも思った。

ついに来たのか、と。

「婚約の解消……ですか？」

「そう言っている。聞こえなかったのか？」

「いえ……」

念のために聞き返しただけだ。私の婚約者《こんやくしゃ》であるジリーク様が苛立《いらだ》ちを表情に見せる。早くわかったと答えろ。表情からそう言いたいのだろうとわかっても、立場上すぐ答えるわけにはいかない。

私は言葉を振《ふ》り絞《しぼ》る。

「どうして急に……」

「それを尋《たず》ねるか？　言わずともわかっているはずだろう？　君が一番」

「……」

「図星だね」

そうだ。言われなくても理解している。

彼《かれ》がどうして、私との婚約を解消したがっているのか。私ではなく、誰《だれ》を選んだのかも。

「正直不憫《ふびん》だとは思うよ。優秀《ゆうしゅう》過ぎる姉と比べられて……気の毒だね。だけどそれが現実だ。姉と違《ちが》って才能のカケラもない。地味で目立たない妹……それが君だ。ハッキリ言って僕《ぼく》は、君に魅力《みりょく》を感じていないんだよ」

彼は呆《あき》れた表情で長々と口にする。

一応数年近く時間を共にした婚約者に、心をえぐるような悪口を言っている。

悔《くや》しい気持ちがこみ上げる。言われたことに対して反論できない自分に……。

「ジリーク様のお気持ちはわかりました。ですが婚約の解消は私たち個人の意思だけでは決められません。一度両家で話し合いの場を」

「その必要はない。すでに話は済んでいる」

私の話を遮《さえぎ》り、ジリーク様は得意げな表情で語る。私とジリーク様の婚約は、いわゆる貴族同士の友好関係を築くためのものだった。

ジリーク様のインギア侯爵《こうしゃく》家と、私のフェレス侯爵家はどちらも魔術の名門。

長い王国の歴史の中で、数々の優秀な魔術師を輩出《はいしゅつ》している魔術界でも権威《けんい》のある一族の末裔《まつえい》だ。それ故に、この血を次代に繋《つな》ぐ必要がある。

魔術師の才能は遺伝する。

優秀な魔術師同士の子供は、一部の例外を除いて大成する。だから魔術師の家系は、同じように魔術師の家系の者と婚約することが多い。

より優秀な才能を、一族の中に取り込《こ》むために。私たちの関係も、魔術師だから定められたもので、お互《たが》いに甘《あま》い感情なんて持ち合わせていない。

ジリーク様が話を続ける。

「本当に苦労したんだよ。婚約の解消をしたくても、君の家との関係を失うわけにはいかない。ただの我《わ》がままじゃ父上も納得《なっとく》してはくれなかった。だから、代わりを見つける必要があったんだ」

「代わり……」

「彼女《かのじょ》が君の代わりになるかと問われたら微妙《びみょう》だけどね？　何せ、彼女のほうが君より何倍も優秀で、女性としても魅力的《みりょくてき》だからだ！」

彼は興奮気味に話し始める。もはや最後まで聞く必要すらなかった。いいや、最初からわかっていた。知っていた。

「紹介《しょうかい》しよう。と言っても、君のほうがよく知っているか」

ガチャリと音を立て、部屋の扉《とびら》が開く。タイミングを合わせるように、彼女が帰ってきた。

この部屋の主《あるじ》……宮廷《きゅうてい》魔術師であり、私の実の姉――

「レティシア・フェレスだ」

彼女が私の前に立つ。ニヤリと不敵な笑《え》みを浮《う》かべて。

「お姉様……」

「そういうことよ、メイアナ。ごめんなさいね？　貴女《あなた》の婚約者、私が貰《もら》っちゃったわ」

彼女はニコリと微笑《ほほえ》む。

悪いなんて少しも思っていない清々《すがすが》しい笑顔《えがお》だった。

いつもこうだ。姉は私のものをあっさりと奪《うば》っていく。

「お姉様は……ノーマン様との婚約はどうされたんですか？」

「もちろん継続《けいぞく》しているわ。お父様とノーマン様にも理解は頂いた上での決定よ」

「理解のある方々で本当によかったよ。これで両家の関係も保たれる。協力してくれてありがとう。レティシア」

「そんな、これは私も望んだことですから」

二人はニコヤカに向き合い、楽しそうに会話をする。幸せそうな二人を見て、胸が苦しくなる。

別に私も、ジリーク様を愛していたわけじゃない。

あくまで家同士が決めた関係で、それ以上でも以下でもなかった。だけど、やっぱり悔しい。

私は二人の関係をずっと前から知っていた。私たちが婚約をした二年前から、二人は陰《かげ》で繋がっていた。

陰でこっそり会ってイチャイチャしていることも。

そういう場面を見て見ぬふりをしてきた。だから必然だったんだ。今日、私たちの関係が終わり、姉に奪われてしまうことも。

「そういうわけだから、理解してくれるかい？」

「……はい」

「ありがとう。今まで楽しかったよ」

そんなこと微塵《みじん》も思っていない癖《くせ》に。私にお礼を言いながら、視線と意識は隣《となり》にいるレティシアに向いている。

ジリーク様は彼女にメロメロだった。対する彼女も得意げな表情で私に視線を向ける。

「メイアナ、私はジリーク様をお送りするわ。残りの仕事もやっておいて」

「……」

「返事が聞こえないわよ」

「……はい」

威圧《いあつ》感を前に逆らえず、私は返事をしてしまった。すると彼女はニコリと微笑み、ジリーク様と一緒《いっしょ》に部屋を出て行く。

ぽつんと一人になった私は、部屋に響《ひび》くほど大きなため息をこぼす。

「はぁ……」

わかっていたことでも、実際に体験すると心にグッとくる。

婚約を破棄され、婚約者を姉に奪われた。ショックで倦怠感《けんたいかん》に襲《おそ》われる。

テーブルの上に積まれた山のような書類も、私をゲンナリさせる要因の一つだった。

「……やらなきゃ」

書類仕事に手をかける。黙々《もくもく》と仕事をしながら、私は考える。

自分自身のことを。

私は……姉の出がらしだ。よく他人からも言われるけど、自分でもそう思う時がある。

姉は優秀だった。魔術の名門フェレス家に生まれ、現代魔術の最先端《さいせんたん》を学び、その才能を遺憾《いかん》なく発揮した。

史上最年少の十四歳《さい》で宮廷入りを果たし、魔術を開発する魔導士《まどうし》の一員となった。宮廷入り後もその才能を発揮し、様々な魔術の考案、開発を手掛《てが》けている。

対して、妹の私には才能がなかった。現代魔術を扱《あつか》う才能が皆無《かいむ》だった。いくら知識を得ようと、実用できなければ価値はない。

私は目が痛くなるほど本を読み、毎日遅《おそ》くまで練習したけれど、姉のようにはできなかった。そんな私が唯一《ゆいいつ》、使えるようになったのはルーン魔術だ。

ルーン魔術は古代の魔術系統の一つで、魔術が誕生した時代に使われていたもの。現代では使われていない化石みたいな技術だ。

誰も使わないから、時代遅れの産物と言われている。私にとっては便利な力だけど、現代の魔術師には理解されない。

それ故に、私は魔術師としても三流扱いだ。

若くして宮廷入りした姉と違い、十八歳の成人を越《こ》えても資格を得られなかった私は、姉の補佐役という形で宮廷で働いている。

両親が手を尽《つ》くし、才能のない私を少しでもよく見せようとしたのだろう。

父はよく私を罵倒《ばとう》する。

お前はフェレス家の恥《はじ》だ！

これ以上恥を晒《さら》すな！

せめてレティシアの役に立て！

同じ両親から生まれたのに、どうしてこんなにも差があるのか。努力はしているつもりだ。それでも……足りないのだろうか。

◇◇◇

翌日も変わらず、私は宮廷で働く。朝一番に研究室へ赴《おもむ》き、その日にやる仕事をまとめておく。

レティシアが来る前に仕事を開始して、彼女がやってきたのは二時間後だ。

「今日の仕事は？」

「これです」

挨拶《あいさつ》もなく、彼女は私に尋ねる。

積まれた仕事内容を見た彼女はだるそうにため息をこぼす。

「こっちも全部メイアナがやっておきなさい」

「え、でもこれはお姉様に来た仕事で」

「うるさいわね。貴女がやって私の名前で提出すればいいのよ。いつもやってることでしょ？」

「――っ！　そうだけど……」

納得しない私に、レティシアはもう一度大きなため息をこぼす。

「いい？　貴女がここにいられるのは私のおかげなの。私がいなかったら貴女は、何の価値もないのよ？　ちゃんと役に立ちなさい」

「……」

「いいわね？」

「……わかり、ました」

こうしていつも、無理矢理《むりやり》納得《なっとく》させられる。

彼女のおかげでここにいる。事実だから言い訳のしようもなかった。

「そう。じゃあ私は出かけるわ」

「どこに？」

「貴女に言う必要はないでしょ？　私の分までしっかり働きなさい。私は忙《いそが》しいの」

理由も告げず、レティシアは研究室を出て行った。

よくあることだった。いつもだ。彼女は私に自分の仕事を押《お》し付けて、どこかへ行く。

どうせまた男の所だろう。彼女が仕事もせずに遊んでいることくらい知っている。

私が補佐役になってから、彼女は真面目に働いていない。ほとんどの仕事は私が代わりにやっている。

ここ最近、新たに開発した魔術も私がほぼ全て作り、最後の仕上げをレティシアがやっただけだ。

「……」

私はふと手を止める。

この事実を公表すれば、私の評価は変わるだろうか？

いいや、変わらない。きっと誰も信じてくれない。

姉は優秀で、妹は無能。力関係は明白で、世間における評価もすでに固まっているのだから。

「終わらせなきゃ」

今日も仕事は山盛りだ。

優秀な姉の元には、様々な案件が舞《ま》い込んでくる。その全てを、姉の代わりに処理しないといけない。そのせいで私は毎日のように残業だ。

彼女の補佐になって以来、定時で帰宅できた日なんて一日もない。

毎日毎日必死に働いて、忙しい日々を送る。だけど全ては、姉の代わりだ。

姉の代わりに業務を熟《こな》し、新しい魔術を考案して、それが姉の功績として世に発信される。唯一自分だけのものだった婚約者も、いつの間にか姉に奪われてしまった。

今の私には何もない。ルーン魔術くらいか。この力も私自身も、時代遅れなのだろう。

時間が過ぎて、夜になる。案の定、定時までに仕事を終えることはできなかった。

窓の外は真っ暗で、他の人たちはみんな帰ってしまったのだろう。

とても静かで、孤独《こどく》を感じる。

「やっと終わった……はぁ」

どっと疲《つか》れを感じながら、帰り支度《じたく》をする。結局レティシアは一度も戻《もど》ってこなかった。

今日中に提出する書類もあって、本当ならチェックをしてほしかったのだけど……。

仕方ないからそのまま提出する。もし不備があったら私が怒《おこ》られるし、何度も見返した。

私に仕事を押し付けておいて、失敗したら私のせいにされる。何のために頑張《がんば》っているのか、自分でもわからない。

帰り道、トボトボと歩きながら水路を見つける。

周りには誰もいない。私はしゃがみこみ、水路の水に指をかざす。

「ᛚ《ラグズ》」

水面にルーン文字を刻む。すると水面がうごめき、波紋《はもん》が生まれる。

小さな変化だけど、ルーンによって水を操《あやつ》った。水面に刻んだから、波でルーンは歪《ゆが》みすぐ消えてしまうけど。

これを水中の何かに書き込めばもっと大きな波が起こせた。

「うん。いい感じ」

屋敷《やしき》でも仕事場でも、私に自由はない。日中のほとんどを仕事に費《つい》やし、休日も屋敷から出られない。

両親の意向で、私は許可なく外出ができないんだ。だけど、この帰り道だけは自由。

私はこっそり遠回りをして、ルーン魔術の練習をする時間に当てている。

みんなは時代遅れだと言うし、確かに現代にはそぐわない。けれど、ルーン魔術は歴史が長く、奥《おく》も深い。

私個人としては、現代魔術にも負けない可能性が眠《ねむ》っていると思っている。いつの日か、それを証明できたら……。

なんて、考えて失笑《しっしょう》する。

「無理だよね」

私にはそんな機会、永遠にめぐってこない。

◇◇◇

メイアナが去って行く。未《いま》だ緩《ゆる》やかに波を打つ水路の前に、一人の男性が立つ。

しゃがみこみ、水の状態を確認《かくにん》する。

「……微《かす》かに魔力《まりょく》が……なるほど、これがルーン魔術か」

水に触《ふ》れた手を握《にぎ》りしめ、立ち上がる。すでにメイアナの姿は見えない。彼は彼女が歩き去った方角を見つめて、微笑む。

「面白《おもしろ》いな」

この王国には天才がいる。男の名はアレクトス・デッル。サーグリット王国第二王子にして、若き天才魔術師である。

◇◇◇

宮廷の廊下《ろうか》を歩く。すれ違う人たちが、何やら噂話《うわさばなし》に花を咲《さ》かせていた。

「ねぇ聞いた？　アレクトス様の話」

「優秀な人に声をかけて回ってるって話でしょ？　あれ本当なの？」

「みたいよ。婚約者を選んでるって話も聞くわね」

「本当？　声かからないかしら」

「みんな内心期待してるわ」

アレクトス殿下《でんか》の話で盛り上がっているみたいだ。

第二王子様の噂は以前から耳にしている。若くして現代魔術の全てを網羅《もうら》し、その他の分野でも完璧《かんぺき》以上に熟す天才。王位継承者《けいしょうしゃ》の中でも、次期国王の有力候補と言われている。

つまり、肩書《かたがき》も立場も、実力も備えた凄《すご》い人だ。

私とは一番縁遠《えんどお》い存在で、彼女たちのような期待すらもてない。

もし噂が本当で、声がかかるとしたら……。

私が部屋に戻ると、珍《めずら》しく彼女がいた。

「お姉様、どうしてここに？」

「何言ってるの？　ここは私の研究室よ。私がいて何がおかしいのかしら？」

「えっと、出かけたと思っていたので……」

「今日はなしよ。一日ここにいるわ」

嵐《あらし》でも起こるんじゃないか。

お姉様が遊びに行かず研究室に残るなんて……と、思ってすぐに悟《さと》る。

どう見ても仕事をする雰囲気《ふんいき》はない。ただいるだけだ。私のことを監視《かんし》するつもりなのだろうか。

今さら？

違う……そうだ、あの噂。お姉様は窓の外を見ていた。その横顔からは期待の感情が読み取れる。

きっとお姉様は待っているんだ。アレクトス様から声がかかるのを……。

優秀な人材、もし声がかかるなら自分だと信じているから。

トントントン――

ドアをノックする音が響く。私とお姉様はほぼ同時に振り向く。

「どうぞ」

お姉様が招き入れる。いつもは座《すわ》らない椅子《いす》に腰《こし》かけ、仕事をしているふりをする。

相変わらず抜《ぬ》かりない。私には視線で、邪魔《じゃま》にならないように端《はし》っこへ行けと言う。

それに従い、私は壁際《かべぎわ》へ移動した。

扉が開く。姿を見せたのは、期待の人物だった。

「失礼する」

「――！　アレクトス殿下！」

銀色の髪《かみ》に青い瞳《ひとみ》。美しい肌《はだ》はまるで女性のようで、多くの女性を魅了《みりょう》してきた。

こうも間近で見るのは初めてだ。レティシアは驚《おどろ》いた演技をしている。

本当はわかっていたくせに。

「仕事中にすまないな」

「いえ、そんな！　本日はいかがなされたのでしょう」

「実は少し用があってね。時間を貰えるか？」

「はい！　もちろんです」

やっぱり、彼女は選ばれるんだ。悔しいけど、彼女ならありえる話だと納得してしまう。

こうやってまた一つ、姉との差が広がる。私は一生追いつけない。いつだって日の下にいるのは彼女で、私は日陰《ひかげ》だ。

私が照らされることは――

「ありがとう。と言っても、用があるのは君じゃない」

「え？」

「君だよ。メイアナ・フェレス」

「……へ？」

思わず変な声が出てしまった。殿下の視線が、指先が、私のほうを向いている。

後ろは壁で、誰もいない。この部屋には私たちしかいないから、他の誰かというわけじゃない。間違《まちが》いなく、殿下は私を見ている。

「わ、私……ですか？」

「ああ、君をスカウトに来た」

「スカウト？」

「そう。実は今、とある計画のために優秀な人材を集めていてね。君もその一員に加わってほしいと思っている。詳細《しょうさい》はまだ言えないけど、第二王子付き直属の立場になる」

王族直属の部下とは、その名の通り王族個人に付き従う者のこと。立場だけで言えば、宮廷で働く者たちよりも上だ。

直属になれば、従う王族以外の命令は聞く必要がなくなる。たとえ相手が名のある貴族でも、他の王子であっても。それ故に、選ぶ側も慎重《しんちょう》になる。

相応《ふさわ》しくない者を従えれば、主の品格や器量を問われるから。そんな大役に……。

「私を、ですか？」

「ああ、君をスカウトしたい。どうだろう？」

「……どうし――」

「なぜですか！」

私より先に、レティシアが大きな声を出す。

いつになく余裕《よゆう》のない表情で。

「どうかしたか？」

「なぜ、メイアナなのですか？　彼女は魔術師としては未熟で、とても殿下のお役に立てるとは思えません」

彼女はキッパリと言い切る。

本人がいる前で、私では力不足だと。しかし事実、私も同じことを考えていた。

どうして私が選ばれたのか、疑問で頭がいっぱいだ。

「メイアナが満足に使えるのは、時代遅れなルーン魔術だけです。それではとても」

「そのルーン魔術が必要なんだよ」

「なっ……どういう……」

「俺《おれ》はずっと、ルーン魔術を使いこなせる魔術師を探していた。王国中探したけど、彼女以上に使える人材はいなかった。だから彼女をスカウトしに来たんだ」

そう言いながら、殿下は私と視線を合わせる。

「メイアナ、君の力が必要だ」

「私の……」

「待ってください！　それくらいなら、私にもできます」

レティシアが叫《さけ》ぶ。先ほどより余裕がない表情で息を荒《あら》らげている。私が選ばれそうになって、焦《あせ》りで姿勢も前のめりになっている。

「へぇ、使えるんだ？」

「はい。あんな時代遅れの産物、私でも使えます」

彼女は言い切る。ルーン魔術の練習なんて一度もしたことがないはずなのに。

私に大役を奪われないように。それを聞いた殿下はニヤリと笑みを浮かべる。

「そうか。ならテストをしよう」

「テスト?」

「ああ」

殿下は懐《ふところ》から半透明《はんとうめい》の結晶《けっしょう》を取り出し、テーブルに置く。結晶の中にはルーン文字で【ᛊ】《ソウエル》と刻まれていた。

「これはとある遺跡《いせき》から発見されたルーンストーンだ。このルーンを起動してみせてくれ」

「わかりました」

返事をしたレティシアがルーンストーンの前に移動する。

そして一瞬《いっしゅん》、私に視線を向けた。籠《こも》っていたのは敵意だ。生まれて初めて自分をさしおいて私が選ばれかけて、嫉妬《しっと》しているのだろうか。

こんなにも余裕がない彼女は初めて見る。

「何がルーンよ。結局これもただの魔術でしょ」

ぼそりと悪態をつき、ストーンに触れる。

彼女は魔力を流し込む。しかし、直後にバチッという音を放ち、彼女の手は拒絶《きょぜつ》される。

「っ! なっ」

「失敗だな」

「も、もう一度」

「必要ないよ。今の一回でわかる。君はルーンのことを何も理解していない。お手本を見せてくれるか？　メイアナ・フェレス」

「は、はい！」

名前を呼ばれた私は、慌《あわ》ててルーンストーンの前に駆《か》け寄る。レティシアは私を睨《にら》みながら下がった。彼女の視線と、殿下の視線に挟《はさ》まれて緊張《きんちょう》する。思えば誰かの前で魔術を使うのって、久しぶりだったりする。

急激な緊張で、手が震《ふる》えてきた。

「大丈夫《だいじょうぶ》だ。いつも通り、帰り道だと思ってやればいい」

「え……」

今……。

振り向くと、殿下は優《やさ》しく微笑みかけてくれた。帰り道と彼は言った。辛《つら》い仕事を終えた帰り道、唯一の自由時間に、私はルーン魔術の練習をしている。

あの時間と同じように、今も使えばいい。大きく深呼吸をした私は、ルーンストーンと向き合う。

刻印されている文字は【ᛊ】。文字が持つ意味は太陽。ルーンストーンに触れ、刻印された文字に込められた魔力を感じ取る。

術者が何を考え、何を望んでこの文字を刻んだのか。

刻印を解読し、初めてルーンは起動する。

「――【ᛊ《ソウェル》】」

ルーンに込められた魔力が解放され、ストーンは浮かび上がり、まばゆい光を放つ。

「お見事だ」

「あ、ありがとうございます」

パチパチと称賛《しょうさん》の拍手《はくしゅ》が殿下から聞こえる。

初めて褒《ほ》められて嬉《うれ》しい私は、自然と表情が崩《くず》れる。

「だから何なのよ」

ぼそっと、レティシアが言葉を漏《も》らす。私に聞こえるように。

「ただ石が光った程度で何が凄いんだ、って言いたそうだな？」

「あ、いえ……」

殿下にも聞こえていたらしく、彼女は焦る。殿下は怒る様子もなく、穏《おだ》やかな表情のまま説明する。

「他人のルーンを発動するには、ルーンに対する確かな理解と知識、そして他人の意思を汲《く》み取る思考が必要になる。ただ魔力を注げば発動するわけじゃない。ルーン魔術は時代遅れだと、君はさっき言ったな？」

「……はい」

「その解釈こそが間違いだ。ルーン魔術がなぜ現代まで浸透《しんとう》していないのか。それはルーン魔術の理解が難しく、使い熟せる者が極端《きょくたん》に少なかったからだ」

殿下は語る。ルーン魔術の歴史は深い。

魔術がこの世に誕生した時に生まれた系統の一つ。魔力を宿した文字、それがルーン。他の魔術が言葉や術式、行動に魔力を込めるのに対して、ルーン魔術は一文字で全てを表す。故に、同じ文字でも刻んだものによって効果や性質が異なる。

理解するほど深く、広く、たかが一文字に数多《あまた》な解釈が生まれる。だからこそ、圧倒的《あっとうてき》な知識、知恵《ちえ》が必要不可欠だ。

「才能だけでは不十分、努力と経験を経てようやくスタート地点に立てる。ルーン魔術が時代に置いていかれたわけじゃない。魔術師が、ルーン魔術から逃《に》げたんだ」

「――！」

そんな風に考える人に初めて出会った。

衝撃《しょうげき》を受けた。

「って言うと、現代の魔術師には嫌《きら》われそうだけどな。けど事実だと俺は思っている。なぜなら俺自身が体験している。俺は唯一、ルーン魔術だけは使いこなせなかったからな」

現代の大天才。あらゆる魔術を手にした殿下でも、ルーン魔術だけは身に付けられなかった。そう語る横顔は少し悔しそうで、期待しているようにも見えた。

「俺からすれば、君こそが真の天才だと思う」

「――私が、天才……?」

そんな風に言ってもらったこと、今まで一度もなかった。

認められることなんてなかった。私は姉の出がらしで、金魚のフンで、出来損《できそこ》ないだから。だけど……。

「改めて言おう、メイアナ・フェレス。君の力を俺に貸してほしい」

こんな私を、必要だと言ってくれる。

優秀な姉ではなく、姉の代わりでもなく、私が必要だと。

「……はい」

断る理由なんて一つもない。返事をした私は、瞳から流れる涙《なみだ》をぐっと堪《こら》える。

そんな私を、レティシアは睨みつける。いつもなら怖《こわ》いと思うのに、今は何も感じない。

ただただ、選ばれたことが嬉しくて、心がいっぱいだった。

「それじゃ、正式な手続きがある。悪いが一緒に来てくれるか？」

「はい！」

私は殿下に連れられ研究室を出て行く。

テーブルには仕事が山盛りに残っている。レティシアが文句を言わないのは、殿下が一緒にいるからに違いない。

後で何を言われるのか、正直怖くなる。廊下に出た私は、殿下に尋ねる。

「あの、殿下……」

「なんだ？」

「本当に私で……姉はルーン魔術が使えないだけで、それ以外は完璧です」

「……君は凄いな。あんな扱いをした姉を庇《かば》うのか」

「え……？」

今の言い方はまるで、私と姉の関係性を知っているような……。

「君が姉に対して劣等感《れっとうかん》を抱《いだ》いていることは知っている。確かに彼女は優秀だ。だけど、自分のほうが優秀だからって、仕事をさぼって遊んでいいわけじゃないよな？」

「——！　で、殿下は……」

知っているの？

本当に？

驚きで身体《からだ》がぶるっと震える。

「ははっ、君をスカウトする前に色々調べさせてもらったんだ。フェレス家に優秀な魔術《まじゅつ》師《し》がいることは聞いていたけど、正直ガッカリしたよ。今までサボった分、彼女にはしっかり働いてもらおう。そのほうが君もスッキリするだろ？」

殿下はいたずらな笑顔を見せる。子供みたいな笑顔に、心がざわっと揺《ゆ》さぶられる。

スッキリ……か。

「そう、ですね」

正直、そう思う。私は姉に劣《おと》っていた。だけど、それを理由に私へしたことが正しいとは微塵も思っていない。

レティシアも一度くらい夜になっても帰宅できない苦労を味わえばいいと思う。

「ルーン魔術《まじゅつ》は独学か？」

「え、あ、はい。自分で勉強しました」

「大変だっただろ？　資料もろくに残っていないし、誰も教えてくれないからな」

「はい。でも、面白かったですし、私にはこれしかなかったので」

夢中になって勉強した。

その結果、こうして殿下に見つけてもらえたのなら、あの時間も無駄《むだ》じゃなかったのだろう。

「だからって、遅い時間まで仕事した帰り道まで練習しなくてもいいだろ？」

「あ、見ていたのですか？」

「偶然《ぐうぜん》な。夜の散歩をしていたら、水で遊んでる君がいた」

「す、すみません！」

誰《だれ》も見ていないと思っていたら、まさか殿下に見られていたなんて。

一番見られて恥《は》ずかしい人じゃないか。

「ははっ、謝《あやま》ることないだろ。あれを見て確信できた。君なら適任だとね」

「そ、そうなんですか」

「ああ、探しまわったけど君だけだった。ルーン魔術を本当の意味で身に付けているのは。君はそれだけ特異な存在だ。もっと胸を張れ！」

「は、はい！」

殿下の言葉は強くて、でも温かくて。弱い私の背中を押してくれる。前へ進む足取りも、少しだけ軽くなった気がする。

「それでその、私は何をすればいいのでしょう……」

「あー詳《くわ》しくは後で話す。超極秘《ちょうごくひ》な任務があるんだ」

「極秘……」

「ああ、古代の遺産を調査する。そのためにルーン魔術が必要不可欠だったんだよ」

「古代の……」

遺跡か何かが発見されたのかな？

まだよくわからないけど、私の魔術が役に立つというのなら。

「が、頑張ります！」

「ああ、期待してるよ」

初めての期待に応えたい。

こんなにも前向きな気持ちで誰かと話せたのも、生まれて初めてかもしれない。

◇◇◇

「なんなのよ！」

バンとテーブルを叩《たた》く。ひらひらと書類が落ちていく。

メイアナとアレクトス殿下がいなくなった研究室で、レティシアは悔《くや》しさを露《あらわ》にしていた。

「メイアナが天才……？　馬鹿じゃないの」

いつも自分が選ばれていた。あらゆる分野で上にいる。婚約者《こんやくしゃ》だって、わざわざ破棄《はき》してまで自分を選んできた。負けている部分は一つもない。

メイアナより、自分がはるかに優《すぐ》れている。そう自負している。だが……。

今回選ばれたのはメイアナだった。

無能な妹が、天才王子に認められていた。初めて感じる敗北感に、レティシアは心と身体を震わせる。

「はぁ……」

いつまでも怒り続けてはいられない。メイアナが不在な今、テーブルの上に積まれた仕事は自分でやらなければならない。

否、彼女《かのじょ》が第二王子の元へ行った以上、これから先も……。

「な、なんなのよこの量！」

レティシアは知らなかった。仕事量が増え続けていたことに。全てメイアナに任せていたから、気づく余地もなかった。

彼女が補佐になる前の仕事量の、約二倍。二年前でもギリギリだったものが、倍になって伸《の》し掛《か》かっている。

「こんな量……一日で終わるわけ……」

そう、普通《ふつう》は終わらない。同じように宮廷で働く魔導士よりもはるかに多い。

それはレティシアが優秀《ゆうしゅう》だと思われているからこそ。そして、メイアナが増え続ける仕事量を、必ず最後までやりきっていたから。

レティシアは天才である。現代のスケールで、魔術師としての才能はトップクラスと言える。しかし、彼女は慢心《まんしん》していた。

メイアナが全部やってくれるから、自分が頑張る必要がない。それ故に、学ぶことを怠《おこた》った。積まれた書類の中には、知らない単語もちらほら見える。

彼女はわからない。だけど、メイアナなら理解できる。魔術師としての才能は上でも、知識と経験はすでに、メイアナに抜かれていた。

ようやく実感する。

そして――

この日を境に、二人の関係は大きく変わる。姉の出がらし、無能な妹。

メイアナはいずれ……王国最高の栄誉《えいよ》を手に入れる。

第一章 ✦ 殿下のお願い

人生、何が起こるかわからない。毎日馬車馬のごとく働いて、誰からも認められないことだってある。

環境《かんきょう》を、評価を変えたくて頑張っても、努力が報《むく》われるとは限らない。それでも、変化は起こる。奇跡的《きせきてき》かもしれない。偶然かもしれない。だとしても、ようやく認めてもらえた気がして……。

嬉しい。

殿下の後ろ姿を見つめながら、自然と表情が緩んでいた。

私は殿下に連れられ、彼《かれ》の執務室《しつむしつ》へと案内される。宮廷《きゅうてい》から王城へ移動する廊下には、護衛の騎士《きし》さんや宮廷で働く人たちがいる。

王城は王族が住まう場所だ。特別な許可を貰《もら》っている人でない限り、自由に出入りはできない。

私のように宮廷で働く人間であっても、名のある貴族であっても例外はない。だからこそ目立つ。

天才と呼ばれる殿下の後ろを、宮廷の正式な職員ですらない私がついて行く様子は。

「誰だあれ？」

「あの服と模様、宮廷魔導士《まどうし》か？」

「いや、あれは見習いだよ。確かフェレス家のご息女」

「ああ、出来損ないの妹のほうか」

私は悪い意味で有名だった。名門フェレス家に生まれた優秀な姉と、姉に遠く及《およ》ばない出がらしの妹。いつも比べられて可哀想《かわいそう》だとか。

姉の七光りで宮廷で働いている不届き者とか。

様々な呼び方をされている。そんな私が殿下と一緒《いっしょ》に王城へ向かっているんだ。

目立たないわけがない。当然悪目立ちだ。

「気にするな」

「え？」

私が小さく縮こまっていると、殿下が隣《となり》で囁《ささや》きかけてくれた。

前を歩いていたはずの殿下は歩くペースを遅《おそ》くして、私の隣へそっと近づいている。

「殿下？」

「言われるのは今だけだ。いずれ必ず、君に対する評価は変わる」

力強い声で、言葉で、そう断言してくれた。

この人は私の目をまっすぐ見て、疑うことなく凛々《りり》しく、さわやかな笑顔《えがお》を見せる。

「俺が保証してやろう。だから気にするな」

「――はい」

殿下の言葉は温かくて、沈《しず》みかけた私の心を掬《すく》いあげてくれる。たかが一言に一喜《いっき》一憂《いちゆう》する自分が情けなく感じながらも、その言葉を嬉しいと思う。

それから殿下に連れられ、執務室にたどり着く。入ってすぐ、対面用のソファーが設置されている。

部屋は広く整頓《せいとん》されていて、テーブルの上に書類が積まれていた。私が研究室で取り組んでいた仕事量と同じくらいだろうか。

内容は全然違《ちが》うだろうけど、殿下もお忙しいのはすぐにわかった。

「まぁ座ってくれ」

「は、はい！」

私はオドオドしながらソファーに腰を下ろす。

そんな忙しい殿下がわざわざ私の所にやってきて、協力してほしいと手を差し伸《の》べてくれた。何をするかわからないけど、期待を裏切らないように頑張ろう。

自然と手に力が入る。

「そう緊張するな」

「え、あ、すみません」

緊張を見抜かれてしまった。殿下は微笑《ほほえ》みながら、私の対面のソファーに腰かける。

ふぅと呼吸を整え、改めて向き合う。

「今日は話をするだけだ。もう少しリラックスしていいんだぞ」

「は、はい！」

「ガチガチだな。まぁ無理もないか。いきなりこんな場所に連れてこられて、緊張するなってほうが無茶《むちゃ》だったな。すまない」

「あ、いえ、だ、大丈夫です！」

と、口では言いながら緊張はほぐれない。仕方がないのだ。

王族の方と話す機会なんて、貴族であっても多くはない。特に私は不出来な妹で、社交場にはいつも姉だけが参加していた。

おかげで王族どころか他の貴族との接点もあまりない。唯一《ゆいいつ》まともに話したことがあるのは、婚約者だったジリーク様だけだった。

それも終わってしまったけど……。

「浮《う》かない顔だな」

「す、すみません」

「何を考えてたんだ？」

「その……」

殿下の前で元婚約者のことを考えていたなんて……。

失礼なことを口にできない。黙《だま》っていると、殿下は呆《あき》れたようにため息をこぼす。

「まぁ、言いたくないなら聞かない。これからはただの雑談、世間話だ」

「……」

「君のことはいろいろと調べさせてもらった。フェレス家での評判、世間の評判、君自身の成果や人間関係……最新の情報だと、婚約者の話とかな」

「――！」

思わず目を見開き、殿下と視線を合わせる。そんなことまで知っていたのか。

驚きのあまり反応してしまって、殿下に悟らせてしまったようだ。

「落ち込《こ》むような悩《なや》みばかりだな」

「……いいえ、全部私が不甲斐《ふがい》ないせいです」

「本当にそう思っているのか？」

「え？」

突然《とつぜん》、殿下は少しだけ怖い顔をして私を見つめてきた。

ドキッとして、背筋がピンと伸びる。

「これまでの出来事が、仕打ちが、全部自分が悪いと本気で思っているのか？」

「えっと……」

どうしてそんなことを聞くの？

殿下は真剣《しんけん》な表情だ。じっと見つめ、私から目を離《はな》さない。目を逸《そ》らしたくても、殿下の威圧《いあつ》がそれを許さない。

「正直に答えてくれ。俺の前で、嘘《うそ》はいらない」

「わ、私は……」

正直に、答える。今日までのことを振《ふ》り返り、考えて。私はどう思っている？

家族からも、知人からも、出来損ないだと罵《のの》られてきた。優秀な姉と常に比べられて、不出来な妹はどこへ行っても笑いものだ。

お父様も、お母様も、私のことなんて見ていない。優秀な姉……レティシアは、私のことを馬鹿にして、都合のいい道具みたいに扱《あつか》う。

いくら私が努力しても認められない。

姉の陰《かげ》に隠《かく》れ、姉に奪《うば》われ、褒められるのは姉ばかりだった。仕方がないと思っていた。

不出来なのは事実で、私は大きく姉に劣っている。だけど、私が頑張《がんば》った結果すら姉のものになってしまうことに、憤《いきどお》りを感じなかったわけじゃない。

そうだ。

私の本心は……正直な気持ちは――

「腹が……立ちました」

怒《おこ》っていた。苛立《いらだ》っていた。劣等感に苛《さいな》まれ続けた私の心は、奥底《おくそこ》で怒りの炎《ほのお》が燃えていた。

殿下に問われ、自分と向き合い、初めて気づいた。

私は姉とは違う。姉妹《しまい》だから比べられるのは仕方がない。だけど、姉がずるをしていることにも気づかず褒めて、私の頑張りは見もせず罵倒《ばとう》する。

それが正しいなんて、微塵《みじん》も思えない。

ジリーク様のこともそうだ。彼の婚約者は私だった。

姉じゃなくて、私と婚約《こんやく》していた。にも拘《かかわ》らず、いいや……それを知った上で姉はジリーク様を誘惑《ゆうわく》していた。

私の目を盗《ぬす》んで二人で会っていたことを知っている。見せつけるように仲良くしていたことも。浮気《うわき》していた理由を、私が悪いからだと一方的に切り捨てられた。

腹立たしいと思わないほうが無理だろう。

考えれば考えるほど、怒りがこみ上げてくる。

私の頑張りは何のためにあったのだろう。姉のずるを隠すために頑張ったわけじゃない。

私は姉の引き立て役でも、代替品《だいたいひん》でもない。

私は私だ。メイアナ・フェレスだ。誰も、肉親すら、私のことをちゃんと見てはくれなかった。

「どうしてお姉様ばっかり……あ！」

怒りのあまり、自分一人の世界に入り込んでしまった。チラッと見えた殿下《でんか》の顔に、私は現実へ引き戻《もど》される。

私は殿下と話をしていた。殿下の前で、姉や周囲に対する怒りを発露《はつろ》してしまっていた。

恥ずかしさと焦りで変な汗《あせ》が流れる。

「す、すみませんでした！　殿下の前で……」

怒っているだろうか。私は恐《おそ》る恐る殿下の顔を見て気づく。

「殿下？」

怒っていない。いやむしろ、嬉しそうに笑っている。

表情の意味がわからなくて、私はキョトンとした顔を見せる。そんな私に殿下は微笑み言う。

「やっと素直《すなお》に言えたな」

「へ……」

やっと？

「君のことは調べた。どんな境遇《きょうぐう》だったのかは知っている。もし俺が君の立場なら、絶対に納得《なっとく》なんてできない。もっと怒るはずだ。だけど君はそうしない。溜《た》め込んでいるんじゃないかと思っていた」

「えっと……」

「そしたら予想通り溜め込んでいたな。安心したよ」

「安心……」

殿下はテーブルの上に両肘《りょうひじ》をつき、顔の前で手を組む。

「君が今の境遇に納得しているのか知りたかった。もしも怒りの一つもなく、受け入れてしまっているなら……この話はなしにするつもりだった」

「え、なしに？」

「呼び出しておいて勝手だがな。それでも、理不尽《りふじん》に対して怒れもしない人間は、向上心すら失っているのと同じだ。君がそうじゃなくて安心した。君は現状に納得していない。抗《あらが》い、前に進もうとしている。俺はそういう人間が好きだ」

「──すっ」

殿下はさわやかな表情で簡単に、他人への好意を口にした。

そういう意味じゃないとわかっていても、殿下のように素敵《すてき》な男性に言われるとドキッとしてしまう。不意打ちだったから余計にドキドキする。

「俺と一緒に歩む者には、同じように向上心を持ってほしい。才能に胡坐《あぐら》をかいて、今いる場所に満足しているような人間は、努力する人間にいつか必ず追い抜《ぬ》かれる」

殿下は私のことを見つめながらそう語る。

見ているのは私だ。けれど、私に対してじゃなくて……別の誰かに言っているように聞こえた。

「もちろん才能も大事だけどな。その点、君はどっちも持っている」

「才能……私に、あるのでしょうか」

「無自覚か？　いや、そう思えない環境にいたせいだな」

「……」

君には才能がある。そう言われるのはいつだって、私じゃなくて姉のほうだった。

私には対照的な言葉を吐《は》き、姉の才能を褒めたたえる。

「才能があると言ってくださったのは、殿下が初めてです」

「それは周りに見る目がないだけだ。君が持つ才能は、現代では唯一無二《ゆいいつむに》だと思っている」

「唯一……」

「ああ。ルーンの魔術を使いこなせる人間は、君以外にはいない」

殿下は力強い言葉でそう断言する。

「俺自身、身に付けようとして失敗した。ルーンの解釈《かいしゃく》は奥《おく》が深い。一文字に込められた意味の多彩《たさい》さ。それを読みとり解釈を広げる発想力。現代魔術のように決められた言葉、術式、効果じゃない。術者のセンスと理解力に大きく左右される。それがルーン魔術だ」

殿下は私に同意を求めるように見つめる。

私はこくりと頷《うなず》く。殿下が言っていることは正しい。ルーン魔術で用いるルーン文字の数は二十四。たった二十四文字しかない。それ故に、ルーン魔術は簡単だと思われがちだが、実際はそうじゃない。

同じルーンでも術者によって効果が異なり、様々な解釈が生まれる。解釈を広げ、突《つ》き詰《つ》めるほどに効果はより多彩に、強くなる。理解度の差、魔力《まりょく》操作の精度、込める魔力の質と量。それらの要素によって、ルーン魔術は変化する。

「俺からすれば、特定の術式を学んで唱えるだけのほうがよっぽど簡単だ。形式化されているものなら、正しく学べば結果も保証される。だがルーンは別だ。使うだけなら俺でもできるが君だけが、古代の魔術師たちと同じレベルでルーンを使えている。と、俺は思っている」

殿下は私のことを高く評価してくれていた。話しながらごそごそと、懐からルーンストーンを取り出す。

テストで使ったものだ。

「これは遺跡から発掘《はっくつ》されたもので、少なくとも四千年以上昔のものだ。魔術全盛《まじゅつぜんせい》、様々な魔術の系統が生まれた時代の遺物。最も魔術師の技量が洗練された時代とも言える」

彼は話しながらルーンストーンに向かって指を立てる。

「【ᛊ】《ソウエル》」

指先に魔力を溜め、ストーンに刻まれた文字と同じものを描《えが》く。ルーン魔術を扱う大前提、それは魔力そのものを体外で操《あやつ》れるかどうか。

これができなければルーンを刻印することができない。殿下は当然のようにクリアしている。ストーンの文字を上からなぞり、効果を促《うなが》す。

わずかに石が光ったように見えたけど一瞬で、何も起こらなかった。

「見ての通り俺《おれ》じゃ無理だった。ルーンの起動は、刻印した術者との力量差、解釈の差があるとできない。それを君はなんなく使ってみせた。そんな君ならできるかもしれない」

そう言いながら、もう一つ懐から取り出す。今度は石ではなく、一枚の紙だった。

白い紙に描かれていたのは……。

「ルーン文字の、文章？」

「これは最近見つかった石板の複写だ。こいつを解読してほしい」

「解読、ですか？」

「ああ、解読できれば……見つけられるかもしれない。古代の遺産……かつて魔神《まじん》を封印《ふういん》したダンジョンを」


今から七千年前、世界に初めて魔力を持つ人類が誕生した。魔力は内から湧《わ》き出る強大な力だった。

使い方を模索《もさく》し、術として確立するのに千年。そこからさらに、文明の発展へと繋《つな》げることに二千年かかった。

魔術が最も広がり、その系統を増やしたのは四千年前のことだったという。しかしそこには、単なる文明の発展とは異なる背景があった。

魔物《まもの》の誕生。

人間ではなく、動物でもない新たな生命が生まれた。魔力を宿したその生き物は、他の生物を無慈悲《むじひ》にむさぼり食《く》らう。

人々は生き延びるため、戦う術《すべ》を身に付ける必要があった。それ故に、魔術は大きく派生した。

生きるために人々は力を付けた。まるでそれに対抗《たいこう》するように、魔物たちに変化が生まれた。より大きく強い個体が次々に誕生し、野生的だった魔物は知性を身に付け始める。

ちょうどこの頃《ころ》から、人間に近い形をした魔物が誕生し始める。

そして――

災厄《さいやく》と呼ばれる魔神が生まれた。圧倒的な力、破壊《はかい》の限りを尽《つ》くす怪物《かいぶつ》。その一体で、全人類の存在が脅《おど》かされることとなる。

人々は絶望し、恐怖《きょうふ》しながらも戦った。多くの血が流れながら、魔術師たちは手を尽くし、百年かけて魔神を封印した。


という伝承が、現代にも伝えられている。

真実か否《いな》かは定かではない。しかし真実だとすれば、いずれ人類は再び、魔神の恐怖と相まみえることとなる。

「――あの伝承は本当だ」

殿下は断言する。

おとぎ話でしかなかった物語を完全肯定《こうてい》した。

「探検家、冒険家《ぼうけんか》たちが発見した古代の遺物。それを優秀な研究者たちが調べ、かつて大きな戦いが起こったことは立証されている。詳細《しょうさい》までは不確かだが、魔神と同等の怪物がいたのは間違《まちが》いない」

殿下の説明を聞きながら、私はごくりと息を呑《の》む。かつて人類を脅かした魔神。本当にそんなものがいて、今もどこかで眠《ねむ》っているとしたら……怖いと思うのは当たり前だろう。

「この文字が、魔神と関係している……ということですか？」

「確証はないがな。一緒に発見された壁画《へきが》に、見たことがない怪物と戦う人間が描かれていたんだ。その隣に、ルーン文字が刻まれた石板があった」

ルーン文字は魔術のために生み出された文字で、それぞれに固有の意味を持つ。

本来は魔術以外で使用されない。ただし、同じルーン魔術師同士の連絡《れんらく》用暗号として用いられたという歴史もある。

ルーン魔術師ならば、ルーンに刻まれた術者の意図を汲み取る技術がある。

「これまでも時折発見されているんだ。ルーン文字が刻まれた石板は……ただ解読は難航していた。一文字の意味はわかっても、文字列になった時に何を伝えたいのかさっぱりわからない。推測しかできなくて、研究者たちも頭をかかえていた。そこで――」

殿下は指をさす。まっすぐに。

「私……」

「そう！　君なら石板から直接、ルーン文字の解読ができるんじゃないかと思ってね。いや、きっと君にしかできないことだと思う」

「私にしか……できないこと」

殿下は私を見つめながら、小さく頷く。私だけができること。

他の誰にもできない……優秀な姉にも、天才と呼ばれている殿下にもできなくて、私にしかできない。そんな風に言われたら、心が高ぶらないはずない。

「が、頑張ってみます！」

「引き受けてくれるんだな？」

「はい！　少しでも殿下のご期待に応えられるように頑張ります！」

「――そうか。期待してるよ。メイアナ」

わざわざ名を呼び、重ねるように期待という言葉を口にする。他の誰でもない。私に期待してくれていると宣言するように。

心が、身体が奮い立つ。生まれて初めての感情がこみ上げる。

期待に応えたい。この人を失望させたくない。成果を見せて、褒《ほ》めてもらえたら……きっと、言葉にできないくらい幸せだろう。

◇◇◇

第二王子付き宮廷《きゅうてい》魔術師。本日付けで私の役職が、殿下から正式に任命された。

私は今日からそう名乗る。姉の補助ではなく、一人の宮廷魔術師になった。

宮廷で働く者だけに付与《ふよ》される特別なバッジを胸に付ける。

今まで見習いだったから貰《もら》えなくて、宮廷で通り過ぎる人たちが持っているのを見ながら、ずっと羨《うらや》ましいと思っていた。

ようやく手に入った。予想外の形だったけど、嬉《うれ》しさがこみ上げる。しかも、もう一つ。第二王子直属の部下であることを証明するバッジも、宮廷バッジの横に付けている。ちょっとした優越感《ゆうえつかん》も、生まれて初めてだ。

「本当によかったのか？」

バッジを触《さわ》りながらニヤニヤしていると、殿下が私に尋《たず》ねてきた。

私は声がしたほうを振り返る。その背後には馬車が止まっていて、騎士の方たちが荷物の移動をしている。

「依頼《いらい》したのは俺だが、こうも急ぐ必要はないんだぞ？」

「いえ、私なら大丈夫《だいじょうぶ》です」

「ならいいけど」

優《やさ》しい殿下は心配そうに声をかけてくれた。殿下の部下になった私は、これから石板が見つかったという街へ向かう。

その街は王都から離れていて、調査中は街へ滞在《たいざい》することとなる。

ちょうどその街へ荷物を届ける騎士団《きしだん》の便があったから、私もそれに同行することになった。任命されたその日に移動する。

あまりに急な展開だから、殿下も心配してくれたのだろう。

「無理はしてないな？」

「はい」

「フェレス家への報告は……こっちで済ませて構わないか」

「そのほうが有難《ありがた》いです」

任務地が離れていて、長期滞在になる。

その話を聞いた私は、心の中でラッキーだと思った。

フェレス家に私の居場所はない。私の出世を両親は喜んでくれるかもしれない。けれど帰れば姉もいる。

自分の家なのに、居心地《いごこち》がいいと思えたことがない。きっと窮屈《きゅうくつ》だ。姉からも恨《うら》み言《ごと》を吐かれるに決まっている。

それなら、会わないほうがいい。幸い荷物も少ないから、荷造りにそう時間はかからなかった。

「まあ、めちゃくちゃ離れてるわけじゃないしな。必要なら戻ってこられる」

「はい。その……」

先ほどから気になっていることがあった。

殿下の服装だ。王城で話をしてから着替《きが》えをされたらしい。動きやすそうな格好で、腰《こし》には剣《けん》を携《たずさ》えている。

「殿下もご同行されるのですか？」

「ん？　なんだ？　俺と一緒は嫌《いや》だったか？」

「い、いえ！　そういうわけではなく！」

「ははっ、冗談《じょうだん》だよ。君はからかい甲斐《がい》があるな」

楽しそうに殿下は笑う。

今のはちょっぴり意地悪で、無礼なのは承知で少しむすっとする。

「別に暇《ひま》だから一緒に行くわけじゃないぞ？　石板が見つかった街、ローリエは俺の管轄《かんかつ》なんだ。街の様子を見るのも王子の役目。今回の同行は視察も兼《か》ねてるんだよ」

「そうだったんですね」

少しガッカリする。私のことを心配して一緒に来てくれるわけじゃない。

そんな当たり前のことを再確認《かくにん》して、自分の烏滸《おこ》がましさが恥ずかしくなる。

「まぁでも、やっぱり興味があるな。君の仕事ぶりを確かめるのも」

殿下は私の顔を覗《のぞ》き込む。まるで心の声を見透《みす》かされたような気分だ。

恥《は》ずかしいけど、嬉しい。

「はい！　頑張ります」

「気負い過ぎない程度にな。それじゃ馬車に乗ろう。ローリエまでは半日かかる」

今は夕刻。これから出発して、明日の朝には到着《とうちゃく》する予定だ。それまで殿下と同じ馬車の中で過ごす。今さらながら緊張《きんちょう》する。

準備が終わり、馬車が出発する。馬車の窓から見える王都の景色が、夕焼けに染められてオレンジ色だ。

いつも仕事が終わらず、研究室から眺《なが》めていた夕日。

こういう眺めは新鮮《しんせん》で、感慨深《かんがいぶか》い。ふと、宮廷の建物が見える。今頃《いまごろ》、彼女はどうしているだろうか。

私が残した……というより、彼女が私に押《お》し付けていた仕事は終わっただろうか。

優秀な彼女のことだから、難なく終わらせて定時に帰るのかな？

それとも、私みたいに終わらなくて、大変な思いをしているのかな？

◇◇◇

メイアナが王都を出発した頃。

優秀で天才な姉はというと、研究室で書類と睨《にら》めっこをしていた。

「……」

積み上げられた書類を確認し、右から左へ流す。

単純な事務仕事。宮廷で働く以上、魔術師《まじゅつし》としての仕事ばかりではない。むしろ書類作業のほうが何倍も多く、楽しい仕事とは言えない。

特に彼女のように、仕事を妹に押し付けていた人物にとっては……。

「何なのよ……全然終わらないじゃない」

苦痛以外の何物でもなかった。メイアナに押し付けていた仕事が全て、自分の元へ帰ってきている。

自業自得《じごうじとく》だが、彼女はそう思っていない。

「なんで私がこんなこと……」

宮廷魔術師なのだから当然。宮廷は遊ぶ場所じゃなくて、仕事をする場所だ。

国内最高峰《さいこうほう》の職場が楽なはずなく、忙《いそが》しさもトップクラス。優秀な人材にこそ仕事は集まり、信頼《しんらい》と共に日に日に増え続ける傾向《けいこう》にある。

メイアナは現代魔術師としての才能は皆無《かいむ》だったが、書類業務や知識に関して非常に優《ゆう》秀《しゅう》だった。

効率もよく、与《あた》えられた仕事を想定より早くこなす。故に、仕事は増え続けていた。

レティシアの評価が上がると同時に、その仕事量も増える。しかしそれを実感したのは、メイアナがいなくなってからだった。

「こんなに……」

大変なのか。改めて、メイアナの存在の大きさを実感する。が、プライドがそれを認めない。文句を言いながら、心の奥底で不安を感じる。

この仕事……ちゃんと今日中に終わるのか、と。

◇◇◇

ガタンゴトン。馬車が揺《ゆ》れる音だけが響《ひび》く。

私と殿下は同じ馬車に乗っている。狭《せま》い馬車の中で二人きり、手を伸ばせば簡単に届く距離《きょり》間。出発して数分しか経《た》っていないのに、私の緊張はピークを迎《むか》えていた。

「メイアナ」

「は、はい！」

「急に大きな声を出したな」

「すみません……」

突然声をかけられた私はテンパってしまった。殿下を驚《おどろ》かせてしまったことを反省する。

こほんと小さく咳払《せきばら》いをして、改めて殿下と向き合う。

「どうされましたか?」

「沈黙《ちんもく》は苦手でな。何か話そうかと思ったんだが、すっと出てこない。すまないが仕事をしていても構わないか?」

「お仕事ですか?」

「ああ。実は少々溜まっていてな。簡単な確認作業だから、移動中にできると思って持ってきているんだ」

殿下は馬車の足元に用意されていた四角い箱に手を伸ばし、ふたを開けると積み重なった書類が見える。

パッと見えた内容はそこまで重要そうなものではなかったけれど、殿下は一枚一枚丁寧《ていねい》に確認していく。

「あの、よろしければお手伝いさせていただけませんか?」

「いいのか?　嬉しいが面倒《めんどう》だぞ?　単純作業は退屈《たいくつ》だ」

「いえ、慣れていますから」

私は殿下の作業をサポートする。確認そのものは私がやれないから、内容によって書類を分けたり、手元が暗くならないように明かりを灯《とも》したり。

全てルーンで補助をする。

「凄《すご》いな。日常の作業にルーンを活用できるのか」

「はい。一人だと作業が大変だったので、少しでも楽になるように色々考えてこうしていました」

宮廷の見習いとして働き、雑用ばかりで大変だった日々。私はルーン魔術《まじゅつ》を使うことで、日々の仕事を効率化させていた。

ルーンは極《きわ》めれば万能《ばんのう》にも至れる素質を持つ力だ。術者の解釈次第《かいしゃくしだい》で効果を変える。

「本当に凄いな。一つ聞いてもいいか？」

「なんでしょう？」

「どうしてルーン魔術を身に付けようと思ったんだ？」

「それは……他に使えなかったからです」

自信のなさから声量が尻《しり》すぼみになる。殿下は続けて問いかけてくる。

「他って色々あるだろ？　過去も含《ふく》めたら魔術の系統なんて何十とあるんだ。まさか全部試《ため》したのか？」

「はい。試しました」

「全部って、全部か？」

「はい。文献《ぶんけん》に残っているものは全て」

私がそう言うと、殿下は目を丸くして驚く。そんなに驚くことだったかな？

いいや、それだけ試してルーンしか使えなかったのか、という呆れの驚き？

だったら納得できるけど、殿下にそう思われるのは悲しい。他の人に思われるよりも、心にちくりと刺《さ》さる。

「凄いな。それだけ試すにはかなり時間がかかっただろう？　知識だって必要だ。相当努力しただろ？」

「え、あー……どうでしょう」

「努力したんだよ。そこは素直に、はいと答えればいい」

「は、はい！　頑張りま、した？」

頑張ったことを誰《だれ》かに伝えるのは、なんだか不思議な感覚だ。

今まで頑張っても口にできなかったから。言ったところで、誰も認めてくれなくて……。

「その知識もあったから、ルーンを使いこなせたんだろう。正しい努力の仕方をしたな」

「――ありがとう、ございます」

努力を褒めてもらえた。心がぶわっと逆巻きだし、震《ふる》えて涙《なみだ》がこみ上げてくる。

私は涙をぐっと堪《こら》えた。泣くよりも今は、目いっぱいに笑いたかった。

「じゃあ他の系統のことも調べたんだろ？　ルーン以外で面白《おもしろ》いと思ったのはなんだ？」

「えっと、地脈系は難しくて、でも面白かったです」

「地脈か、あれも奥が深いからな」

それから、私たちは魔術の話で盛り上がった。天才魔術師と呼ばれている殿下も、私以上に魔術に詳《くわ》しい。

ただ詳しいだけじゃなくて、独自の解釈をしていたり、応用を試したり。

楽しんで魔術を学んだことが感じ取れた。私も、ここまで深く魔術の知識を語り合えたのは初めてで、楽しさに時間を忘れた。

そうして時間は過ぎ、疲《つか》れて眠り夜を越《こ》え……。

いつの間にか朝になる。ちょうど目が覚めたところで、私たちを乗せた馬車が止まった。

「ついたぞ」

「ここが……」

ローリエの街。古代の遺跡《いせき》が見つかったという場所。王都に比べて街の規模は十分の一くらいだけど、広さは同じくらい。

特徴的《とくちょうてき》なのは、街の中に川が流れていたり、林があったり、芝生《しばふ》があったり自然が取り入れられているところだ。

ローリエの街は自然と人工物が上手《うま》く融合《ゆうごう》している。

観光地としても有名な街でもあった。

「荷物の移動は騎士《きし》たちがやってくれる。俺たちは遺跡へ行こうか」

「はい」

殿下と一緒《いっしょ》に馬車を降りて、騎士数名が同行して遺跡へと向かう。

遺跡は街の中心から外れた川辺にある。子供たちが遊んでいたところ、偶然《ぐうぜん》人が通れる穴を見つけた。

穴を広げてみると、地下へと続く階段が発見され、中を調査した結果四千年前の遺跡だったと判明したらしい。

私はワクワクしていた。任務で遠出することも初めてだし、遺跡へ入るのも初めてだ。

仕事なのはわかっていても、子供みたいな好奇心《こうきしん》がこみ上げてくる。それを見抜《みぬ》かれたのか、殿下は私の横顔を見てクスリと笑った。

「で、殿下？」

「いや、君は顔に出やすいな」

「そ、そうでしょうか」

「ああ、わかりやすいよ。気持ちはわかるけどな。俺も同じだ」

殿下も、ワクワクしている？

そう言われると少しだけ、殿下の表情から期待が感じ取れる、気がした。そうして現場に到着する。

入り口の穴は整備され、騎士が見張りで立っている。階段を下り地下へ向かう。魔導具《まどうぐ》のランタンが等間隔《とうかんかく》で設置され、足元を照らす。

「この遺跡からは、戦闘《せんとう》に使われたとされる魔導具の残骸《ざんがい》も発見されている。研究者たちの予想では、魔術師たちの前線基地だったんじゃないかと言われてる」

「前線基地……この地で戦いが起こったのでしょうか」

「かもしれないな。それを知る鍵《かぎ》が……」

私たちはたどり着く。

魔導具でライトアップされた石板の前へ。

「ここに隠されているかもしれない」

石板は私の身長の三倍はある。見上げるほど大きな石板には、見慣れたルーン文字が刻まれていた。横に十二文字、縦に十行……ルーン文字の文章としてはかなりの長文だ。

私はよく見るために、一歩前へ出る。

「解読できそうか？」

私は石板に触《ふ》れる。

「わかりません」

断言はできない。絶対できると言い切れるほどの自信はない。

それでも……。

私は振り返る。

「やってみます」

この人をガッカリさせたくない。

「頼《たの》んだぞ。現代唯一《ゆいいつ》のルーン魔術師」

「はい！」

頑張ろう。私に初めて期待してくれた人のために。

彼《かれ》の目が、私を選んだことが、正しかったと言えるように。

第二章 ◆ 自分に自信が持てるように

メイアナが王都を出発して一週間。ある意味目立つ存在だったせいで、噂《うわさ》は瞬《また》く間《たま》に広がった。

フェレス家の落ちこぼれ、役立たずの妹が第二王子の下で働いている。

「噂の妹はどこにいるの？」

「殿下と一緒にローリエの街にいるらしいわ。この間出張で訪問した彼が見たって」

「へぇー、二人で何をされてるのかしら」

「わからないわ。とても大事なお仕事をしてるなんて噂があるけど」

遺跡調査の件は、一部の人間にしか伝達されていない。故に、メイアナの任務も秘匿《ひとく》されていた。知らないからこその憶測《おくそく》が広まる。

「もしかして男女の関係なんじゃないかって」

「殿下とあの落ちこぼれが？　ありえないわね」

「落ちこぼれのフリをしていただけって話よ。ほら、レティシアさんのほう」

「あー聞いたわ。仕事で手いっぱいで一日中研究室に籠《こも》っているんでしょ？　一人抜けただけでそんなに変わるかしら？　私も助手がいるけど、休みの日もあげてるし、そんなに変わらないわよ？」

「つまりそういうことよ。レティシアさんを支えていたのが——」

妹のメイアナだったのだろう。落ちこぼれ、姉の出がらしと罵《ののし》られてきた彼女《かのじょ》の功績が努力が認められ始めている。逆に言えば、姉の怠慢《たいまん》が露見《ろけん》した結果でもある。

信頼は積み上げることは難しいが、崩《くず》れるのは一瞬《いっしゅん》だ。優秀《ゆうしゅう》だと思われている人物こそ、一つのミスが信用失墜《しっつい》につながる。

今のレティシアのように……。

「……」

もっとも、彼女にその声は届いていない。周りの声を聞く余裕《よゆう》もなく、日夜終わらない仕事に明け暮れていた。

不眠《ふみん》で肌《はだ》も荒《あ》れ始め、目の下にはくっきりクマができている。いつもの晴れ晴れとしたオーラも、どんよりした雰囲気《ふんいき》に変わっていた。

トントントン——

ドアをノックする音が響く。レティシアは無視して仕事を続けていた。どうせ新しい仕事が来るだけだと、気づかないふりをする。

もう一度ドアがノックされる。

「っ、誰よ」

舌打ちと苛立《いらだ》ちをセットに、大きくため息をこぼす。

「どうぞ」

低い声で呼ぶ。

扉《とびら》の先に立っていた人物を見て、無愛想な態度を取ったことを後悔《こうかい》する。

「ジリーク様！」

「こんにちは、レティシア。随分《ずいぶん》と大変そうだね」

「す、すみません！　ジリーク様だとは気づかず」

「いや僕《ぼく》のほうこそ悪かったよ。ここまで忙しくしているとは思わなかった。最近外で見かけないから心配していたんだよ」

「ジリーク様……」

先日婚約者《こんやくしゃ》になったばかりのジリークが、自分のことを心配してくれている。

追い詰められた彼女には救いの一言だった。彼女は期待した。ジリークは宮廷《きゅうてい》に属しているわけではないが、腕《うで》のいい魔術師でもある。

私が忙しいのを見て、手伝いに来てくれたのか。だが、すぐに期待は裏切られる。

「ところで、メイアナの話は聞いているかな？」

「――！　話、というのは……」

「第二王子付きの役職に就《つ》いたそうじゃないか。一体いつの間にそんな話を貰っていたのだろうね。僕と婚約《こんやく》している時には一度も話してくれなかったのに。君は知っていたのだろう？」

「……いえ、私も知りませんでした」

どうして今さら、婚約破棄《こんやくはき》した相手に興味を持つのか。レティシアの胸に、沸々《ふつふつ》と負の感情が渦巻《うずま》き始める。

「言ってくれていれば僕も……」

「ジリーク様」

「ん？　あーいや、勘違《かんちが》いしないでくれ。君と婚約したことはよかったと思っているよ。ただ、せっかく婚約したのに君が忙しそうにしていると、少々僕も寂《さび》しい。だから――」

僕も手伝おう。そう言ってくれることを一瞬、期待する。

ジリークは笑顔《えがお》で言う。

「早く仕事を終わらせてくれると嬉しい」

「――」

期待なんてするものじゃない。一瞬でも期待したせいで、裏切られた時の怒《いか》りが大きくなる。レティシアの心は、能天気に笑うジリークへの怒りでいっぱいになる。

「すみません、仕事があるので、退出して頂けませんか？」

「ん？　あ、ああ、そうしよう」

レティシアの表情から怒りが漏《も》れ出ている。

それに気づいたジリークは慌《あわ》てて目を逸《そ》らし、部屋から出ようと扉を開ける。すると目の前に、ある人物が立っていた。

「レティシア、僕はもう行くけど、もう一人お客さんだよ」

「……どちら様でしょう？」

「僕と同じだ」

「同じ？」

入れ違《ちが》いで部屋に入ってくるその人物を見て、彼女は慌てて席を立つ。

「ノーマン様！」

「やぁ、レティシア。随分と険しい顔をしているね」

そう言って冷たく笑う。ノーマン・ホイッシェル公爵《こうしゃく》。若くしてホイッシェル家の当主となり、宮廷魔術師の資格も持つ若き大貴族。

レティシアのもう一人の婚約者である。

「何の御用《ごよう》でしょう？　ノーマン様がこちらに来られるなんて珍《めずら》しいですね」

レティシアは無理矢理《むりやり》笑顔を作る。

婚約者には力関係がある。それは個人としてではなく、背負う家名の格。

フェレス家とホイッシェル家、どちらも名門と呼ばれる貴族の家系だが、ホイッシェル家のほうが王家に近く、国の内政にも関わっている。

二人の婚約も、フェレス家の現当主から懇願《こんがん》し、ホイッシェルが受け入れたことで実現した。故に、レティシアはノーマンに嫌《きら》われるわけにはいかない。

ジリークを篭絡《ろうらく》するのに時間をかけたのは、ノーマンの了承《りょうしょう》を得る機会を窺《うかが》っていたからに他ならない。

「メイアナ・フェレス、君の妹について話を聞きに来た」

「――――！」

この人も、メイアナの話を……。

苛立ちを必死に隠《かく》し、レティシアは笑顔で答える。

「申し訳ありません。メイアナは今不在で、私も事情は聞いておりません」

「君も？　フェレス侯爵《こうしゃく》も知らないと言っていた。おかしな話だ。実の娘《むすめ》、妹の昇進《しょうしん》を知らないなんて……」

ノーマンの冷たい視線がレティシアに刺さる。探《さぐ》るような言い回しを前に、彼女は黙《だま》るしかない。

「本当に知らないみたいだね」

「申し訳ありません」

「責めているわけじゃない。ただ、与えられた仕事も満足にできないのは、いずれ責められるかもしれないが」

「……」

見抜《みぬ》かれている。仕事で手いっぱいなことを……。

メイアナの存在が、これまでの仕事を支えていたことを。レティシアはノーマンが苦手だった。

この相手を見透かしたような眼が、冷静で機械的に笑う様が、気持ち悪いとさえ思っていた。

彼は見た目の美しさには興味がない。自分にとって有益か否か。それだけが、彼の行動を決める物差しである。

「メイアナか……少し興味が出てきたよ」

そんな男の興味が、出来損《できそこ》ないの妹に向けられる。優秀な姉はさぞ悔《くや》しいだろう。まるで、婚約者を奪《うば》われたような気分だろう。

◇◇◇

朝は憂鬱《ゆううつ》だった。私と初めて顔を合わせる人は、大抵嫌《たいていいや》そうな顔をする。

屋敷《やしき》の中に、私の味方は一人もいない。使用人たちからしても面倒な存在だったはずだ。

一応貴族の一員だから敬う相手だけど、出来損ないと言われている私に優しくすれば、周りの締《し》め付けが強くなる。

結果的に誰も近づかなくなって長い。だから私はいつも、逃《に》げるように宮廷へと向かった。

朝の早い時間なら人通りも少ない。研究室に入ってしまえば、誰の目もなくなる。

お姉様も一回だけ様子を見に来て、遊びに行ったら戻《もど》ってこない。不自由な中での自由な空間こそ、宮廷の研究室だった。

そこにいて尚《なお》、あふれる仕事という鎖《くさり》があるのだけど……。

「ん、ぅう……朝……」

ふと目が覚めた。ゆっくり起き上がり、時計の針を見る。

見習い時代なら大遅刻、慌てて支度《したく》を始める……のだけど、今は急ぐ必要はない。

一瞬《いっしゅん》焦《あせ》りはするけど、ゆったりとベッドから下りて支度を始める。着替えを済ませた私は部屋を出て食堂に向かった。

扉を開けると先客の姿がある。

「おはよう、メイアナ」

「殿下《でんか》！　おはようございます」

私より先に起きて食堂にいた殿下に、大きくハッキリと朝の挨拶《あいさつ》を口にした。ここはローリエにある王族が所有する別荘《べっそう》。滞在中、私は殿下と共にここで生活することになる。

「相変わらず朝が早いな。ちゃんと寝《ね》てるのか？」

「はい。しっかり眠れています」

「ならいいが。朝食を二人分用意させよう。座《すわ》っておけ」

「はい」

家臣と主《あるじ》、本来なら同じ食卓《しょくたく》を囲むことはない。

今回は殿下の計らいで、滞在中はなるべく交流の機会を増やすため一緒にいることになった。

王子付きの家臣とは、その王子にとっての腹心、最も信頼できる部下。私はなったばかりで、殿下のことをよく知らない。

殿下もまた、私のもろもろの事情は知っているけど、性格とか内面はわからない。

この任務を通して、お互《たが》いのことをよく理解していこう。と、殿下は私に言ってくれた。

意外というか、驚いた。一国の王子である彼が、家臣に過ぎない私のことを知ろうとしてくれることに。

もっと堅苦《かたくる》しい関係になると思っていた。

「王都では何時に起きていたんだ？」

「えっと、四時？」

「早いな。寝るのは？」

「一時とか、ですね」

「……ちゃんと寝ないと早死にするぞ」

殿下はよく私に話しかけてくれる。私からはまだぎこちなくて、遠慮《えんりょ》してしまう。

そういう部分も見抜いて、気を遣《つか》ってくれている。

本当にお優しい方だ。才能だけでなく、人格者でもある。確かに、こんな人が次期国王になってくれたら、みんな心強いだろう。

わずかな時間で、殿下のよさが次々わかる。

「朝食が終わったら視察に行くが、今日はどうする？」

「はい。お邪魔《じゃま》でなければご一緒いたします」

「そうか。じゃあついて来い」

「はい！」

元気よく返事をした私は、パクパクと食事を摂《と》る。

そんな私を見ながら殿下がぼそりと呟《つぶや》く。

「食べるのも早いよな、君は」

「え、すみません」

「謝《あやま》らなくていいけど、なんというか、もっとゆっくり食べていいんだぞ？　誰も急《せ》かさない」

「は、はい」

これもよくない癖《くせ》だ。仕事に間に合うように早く食べよう。一家団らんの食卓は居心地が悪いから、早く食べて抜け出したい。

そういう習慣が癖になってしまった。少しずつ直していかないと。

朝食を食べ終わった私は、殿下と一緒に街の視察へと繰《く》り出す。

殿下が回るのは、主に街を管理する施設《しせつ》だ。

水路の管理、魔導力の管理、天然ガスや資源採掘《さいくつ》など、王国の人間が働いている場所を見て回る。

それ以外にも商業施設を巡《めぐ》ったり、街の人たちの暮らしも観察する。

「アレクトス殿下ー！」

街を歩けば一般《いっぱん》の方に声をかけられる。邪魔にならないように距離を置き、手を振《ふ》れば殿下も笑顔で返す。

殿下は王都の外でも大人気だった。お年寄りから子供まで、殿下を見る目が輝《かがや》いている。

今日は最初に、街に魔導力を巡らせる管理施設を訪問した。

「いらっしゃいませ、殿下」

「ああ、調子はどうだ？」

「問題なく稼働《かどう》しております。特に目立った障害などは発生しておりません」

「ならよし。他に何かあるか？」

施設の管理者と殿下は淡々《たんたん》と話を進める。優秀な魔術師でもある殿下は、魔導具にも詳しい。

戦うために作られた魔導具も、時代と共に進化している。

魔導具は人々の生活に欠かせないものとなった。

魔導力とはすなわち、魔導具の稼働に必要な魔力《まりょく》のことで、ここで魔力を生成し、街中に送っている。人々の生活の要と言える施設だ。

ふと、管理者の男性と視線が合う。

「殿下、気になっていたのですがそちらの方は？」

「ああ、新しく俺《おれ》の部下になったメイアナだ」

「これは挨拶もなしに失礼いたしました。私はここの管理を任されております。ロドニと申します。以後お見知りおきくださいませ」

「はい！　こちらこそよろしくお願いいたします」

私は殿下の邪魔にならないよう振る舞《ま》うので精一杯《せいいっぱい》だ。

施設の視察が終わり、外に出る。

「一週間経っても緊張は変わらず、か」

「す、すみません……」

「何度も謝らなくていい。すぐ謝る癖も直さないとな」

「すみ、あ、はい」

怒られてばかりだったから、謝る癖がついていた。直すことがいっぱいだ。一つずつ改善していこう。

私は決意するように、拳《こぶし》をぎゅっと握《にぎ》る。

「さて、そろそろ昼か」

「はい。殿下、私は遺跡のほうへ向かいます」

「ああ、頑張《がんば》ってくれ」

「はい！」

殿下と別れた私は、一人で遺跡へと向かう。朝食後にすぐ遺跡へ行かなかったのには理由があった。

遺跡は地下深くにあり、朝方は遺跡の中が濃《こ》い霧《きり》で覆《おお》われている。足場が不安定で危険なため、午前中は出入りが禁止されている。

正午から、出入りの許可が下りる。

「こんにちは、皆《みな》さん」

先に遺跡を警備してくれている騎士たちに挨拶をする。

みんな丁寧に返してくれた。騎士の一人に案内され、私は石板の前に立つ。

「さぁ」

今日も始めよう。

私だけに任された大切なお仕事を。


ルーン文字は魔術のために作られた文字。文法や単語はなく、一文字一文字に意味が込《こ》められている。

それ故に、意志疎通《そつう》のための言語には適していない。だからこそ、ルーン魔術師だけが解読できる暗号として用いられる。

「えっと、昨日は三段目まで終わったから、四段目からか」

石板に梯子《はしご》をかけ、四段目の文字が書かれている場所の手が届くところへと登る。

ルーン文字の石板を解読する方法は地道だ。一文字に含まれる意味を読み取り、わかった意味を組み合わせて連想する。

術者の魔力によって刻まれたルーン文字には、術者の意思が宿る。こうしたいと、ああなってほしいとか、曖昧《あいまい》なものから具体的な指示までバラバラだ。

石板には直接文字が刻《きざ》み込まれている。しかし触れるとわずかに魔力が通っている。

石板を見つけた者が解読できるように、書き手が魔力を込めて刻んだに違いない。つまりこの石板は、ルーンを扱《あつか》える魔術師が解読することを前提にしている。

励《はげ》ましの意味ではなく、文字通り私にしか解読できない。

私は四段目の最初の文字【ᛉ】。

「【ᛉ】《アルギズ》」

石板の上からなぞると、わずかに魔力が活性化する。

【ᛉ】の意味は防御《ぼうぎょ》、擁護《ようご》。何かを庇《かば》い、守るという意思が込められることが多い。

この文字からも同様に、守るという意思が伝わってくる。

おそらくこの解釈《かいしゃく》は間違《まちが》っていない。　私は視線と指を左に移動させる。

「次は……【ᚦ】《スリサズ》」

同様に上からなぞり、魔力の活性化を感じる。

ルーン文字の起動には成功した。

【ᚦ】の意味は巨人《きょじん》、怪物《かいぶつ》、茨《いばら》。直接的に大きな人を表すこともあれば、強大な力、恐《おそ》ろしい何かをイメージする場合もある。

大きさも物理的なものか、精神的なものかで異なる。

今回の場合は、魔神《まじん》の強大さを表しているのだろう。と同時に、その脅威《きょうい》が茨のように世界各地へ広がっていったことも。

こんな風に一文字ずつ、込められた意味を理解していく。

文字に宿る意思、感情を読み取り、時代背景や前後の文字に込められた意味をヒントにして。正解を知るのは刻印した術者だけだ。

採点する人は、四千年前の人物で、とっくの昔に亡《な》くなられている。

推測を含む解読は、結果だけが成否を分ける。

この石板は何を描《えが》き、何を伝えているのか。殿下の推測通りなら、魔神に関する何らかの秘密が書かれているはずだ。

それを読み解くことが私の仕事。

「次は……」

こうして時間は過ぎていく。地下にいると日の動きが見えないから、時間の感覚がわからなくなる。

定刻になると、見張りの騎士さんが声をかけてくれる。

「メイアナ殿《どの》、そろそろお時間です」

「あ、はい」

ちょうど四段目を解読し終わったところで、仕事を終える時間になった。

一日大体一段から半分くらいのペースか。情報が増えるにつれ解読のペースも上がっていく。このまま行けば、一週間以内には全て解読が終わりそうだ。

殿下から滞在《たいざい》の期限を最大一月と言われている。

「なんとか間に合いそう」

「そうか。順調そうで何よりだな」

「はい。え、殿下!?」

梯子の下に殿下がいる。

いきなり声をかけられた私は驚いて、勢いよく振り向いた。

「い、いつからいらしていたんですか！」

「ついさっきだ」

「今すぐ下ります！」

殿下を見下ろすなんて無礼すぎる。私は慌てて梯子を下りようとした。

「急がなくていいぞ。落ちたら大変――」

「あ――」

忠告とほぼ同時に、梯子がぐらんと揺《ゆ》れる。その拍子《ひょうし》にバランスを崩し、私は梯子から放り出されてしまう。

下は固い岩の地面、頭から落ちたら大怪我《けが》をする。どんくさい私は恐怖《きょうふ》で目を瞑《つぶ》った。

ふわっと、抱《だ》きかかえられる。

「ったく、危ないって言っただろ？」

「――殿下」

梯子から落ちた私を、殿下が優《やさ》しく受け止めてくれた。さながら姫《ひめ》を抱き上げる王子様のように。

なんて、私は姫じゃないけど。彼はゆっくりと私を下ろす。

「大丈夫《だいじょうぶ》だったか？」

「は、はい。すみませんでした」

「怪我がなかったならいいさ。というより軽かったな。ちゃんと食べてるのか？」

「はい！　出された物は全部！」

「そういえばそうだったな」

殿下が楽しそうに笑う。私の不注意を怒ることもなく、ただ心配してくれた。

この方は本当に……。

「さぁ、帰ろうか」

「はい」

私は殿下と一緒に別荘へと向かう。外はすでに夕日が沈《しず》み、星々が輝く夜になる。

今夜は満月が綺麗《きれい》だ。

「月が綺麗ですね」

「そうだな。王都より街の光が少ないから、星も月もよく見える。こういうのも悪くないな」

「はい」

穏《おだ》やかな時間が過ぎる。

仕事の疲れもほどほどに、誰かとゆったり会話しながら家に帰る。

王都では一度もできなかった体験をしていた。しかも相手は王子様。なんて贅沢《ぜいたく》なのだろう。

「解読は順調そうだな」

「はい。あと一週間以内には終わりそうです」

「早いな。無理してないか？　滞在期間ならまだ余裕があるぞ」

「大丈夫です。むしろ楽しくて、早く仕事がしたいって思えるくらいですから」

こんな気持ちになったのは初めてだ。仕事は辛《つら》いもので、誰かの代わりにやるものだった。姉に押《お》し付けられたから仕方なく……自分の成果にもならない。

今は違う。私に与《あた》えられた私だけの役割だ。この穏やかな時間も含《ふく》めて、私は幸せを感じている。

この気持ちに嘘《うそ》はない。けれど殿下は、少し難しい表情で詰《つ》め寄る。

「本当に大丈夫なんだな？」

「は、はい。大丈夫です」

「……そうか」

ぐっと近づいていた顔が遠ざかり、殿下は小さくため息をこぼす。

「君は無理して頑張ってしまいそうだからな。本当に辛かったら言ってくれ。俺にも手伝えることはあるだろう」

「はい……ありがとうございます」

殿下は私のことを心配してくれている。それは間違いないけれど、なんだか少し過保護というか、疑われているような気持ちになった。

どうしてだろう？

心配してくれるのは嬉《うれ》しいことなのに、この時の殿下の表情を見ていると、雲一つない青空が曇天《どんてん》に変わっていくような……そんな気配を感じてしまった。

殿下には私が、どんな風に見えているのだろうか。

どうして殿下は、私にそこまで気を遣ってくれるのだろう。

◇◇◇

ローリエ滞在から十日。私もすっかり仕事には慣れて、殿下との会話も少しずつ緊張《きんちょう》しなくなっていった。

今日も午前中は殿下の視察に同行している。

「そろそろ時間か」

「はい。遺跡《いせき》に向かいます」

石板の解読も順調に進んでいる。

早く殿下にいい成果を見せたくて張り切っていた。

「殿下のほうのお仕事はいかがですか?」

「こっちは順調だよ。何の問題もない」

「そうですか……」

殿下はそうおっしゃっているけど、よく遅《おそ》くまで仕事をしている姿を見かける。きっと私なんかより、殿下のほうが忙《いそが》しい。

「無理はなされないで、くださいね」

「ははっ、こっちのセリフだ。無理せずな。時間になったらちゃんと休むんだぞ」

「はい。ありがとうございます」

殿下の温かなお言葉を頂き、私は一人遺跡へと向かう。少し殿下のことは心配だけど、今日も足取りは軽《かろ》やかだ。

職場なんて窮屈《きゅうくつ》で、叶《かな》うなら行きたくない場所だったのに……今では一秒でも早く仕事に取り掛《か》かりたいと思っている。

終わらないからとか、後ろ向きな理由でもなくて。今日も頑張ろうと、思える。

嫌《いや》だったこととか、悲しかったこととか、今は忘れられていた。

「メイアナ」

「――――!」

彼と再会するまで……忘れていたんだ。婚約者を奪われたことが、つい最近の出来事だということすら。

私は立ち止まり、振り返る。

「ジリーク……様?」

「ようやく見つけたよ」

見間違《みまちが》いではない。あの顔、声を忘れるはずがない。私が最も長く、多く言葉を交《か》わした男性なのだから。

突然《とつぜん》のことで理解が追い付かず、頭がショートする。私は絞《しぼ》り出すように尋《たず》ねる。

「どうして、ここに？」

「もちろん君を探していたんだよ」

「私を……？」

どうして？

今さら私に何の用があるというの？

私は身構える。自然と体重が後ろへと偏《かたよ》る。そんな私に、彼はにこやかな表情で言う。

「ねぇメイアナ、僕ともう一度婚約《こんやく》したくはないかい？」

「……え？」

あまりに予想外の発言に、困惑《こんわく》する。

もう一度、婚約したい？

何を言っているの、この人は……。

「聞いたところによると、君は第二王子付きの役職に就いたそうじゃないか。ここへも仕事で来ているんだろう？」

「……はい」

「見たところ一人みたいだけど、何をしているんだい？」

いない。

私が請《う》け負っている任務は極秘《ごくひ》だ。遺跡の発見や魔神の手掛《てが》かりは、未《いま》だ公にはされていない。

王族と一部の人間だけが知っているだけだ。

ジリーク様も貴族だけど王族に近しいというわけじゃないし、この反応は任務を知らないようだ。なら、失礼だけど教えられない。

「申し訳、ありません。お伝えできません」

「そうか。それは残念だよ」

わずかにムスッとしたのがわかった。怖《こわ》くはあるけど、私の背後にはアレクトス殿下がいる。

彼《かれ》も無暗《むやみ》に突《つ》っ込んで聞いてはこないはずだ。

「まぁいいさ。そこはあまり興味もないしね。君が何を任されているかは関係ない。大事なのは、第二王子に認められているということだ。喜ばしいことじゃないか！　レティシアのお荷物だった君が、今や彼女より上の地位にいるなんて」

「……」

彼は高らかに語る。その表情から、言葉から、目論《もくろ》見《み》が透《す》ける。

ああ、そういうこと。

「僕も誤解していたよ。君にも才能はあったんだね。途中《とちゅう》で見限ってしまったのは失敗だったと反省している」

私が殿下の下で働くようになったからだ。有用な地位に就いたから、手の平を返している。私との婚約を戻して、殿下との繋《つな》がりを得ようとしている。

私を……利用する気だ。

「君との婚約を戻そう。今の君なら僕も満足だし、レティシアやご両親も喜ばれるはずだよ」

「……何が」

満足だ。私はちっとも嬉しくない。

自分に都合がいいことばかり言って、私の気持ちなんて考えもしない。断られるとも思っていない。言ってやりたいと思った。

私は貴方《あなた》となんかよりを戻したくない、と。

だけど……。

「……」

「ご両親には僕から話を通してあげるよ。君は何も心配しなくていい」

私はこれでも、フェレス家の人間だ。貴族の婚約には個人の意思よりも、家同士の関係性が重要視される。

私が嫌だと言っても、フェレス家が定めれば逆らえない。ここで声をあげたところで意味はない。

私にはこの理《り》不《ふ》尽《じん》を撥《は》ねのけるだけの力も、度胸も……。

「白昼堂々逢《あい》引《び》きか。随分と無礼な奴《やつ》だな」

「──誰《だれ》……!? で、殿下！」

弱虫な私の肩《かた》に、ぽんと手を置く。

殿下は優しく微《ほほ》笑《え》みかける。その笑顔に、冷たくなっていた心が温められる。

「こ、これは失礼いたしました！　アレクトス殿下！」

「何が失礼なんだ？　俺だと気づかなかったことか？　それとも、彼女《かのじょ》に意地の悪い願いを迫《せま》ったことか？」

「──！」

殿下は私たちの話を聞いていたらしい。

いつから？

わからない。別れたはずの殿下がここにいる理由も……まるで、私を助けるために来てくれたように登場して、胸の鼓動《こどう》が速くなる。

「殿下……」

「偶然《ぐうぜん》だよ。こっちに視察の用があって、偶々《たまたま》君たちが目に入った。そしたら、君が俯《うつむ》いているのが見えたんだ」

「……」

「婚約を戻す、か」

殿下は笑《え》みを浮《う》かべながら、ジリーク様に視線を向ける。

ビクッと反応したジリーク様は目を細め、額から汗《あせ》を流しながらも笑みを見せる。

「はい。その通りでございます。お見苦しいところをお見せしました。ですがご心配なされぬよう。これは私と、メイアナの問題です」

「そうだな。この件に関して、俺は部外者だ。個人の、家同士の話に首を突っ込む気はない」

「さすが殿下、ご理解が――」

「ただし一つ忠告しておく」

優位を確信したジリーク様の言葉を遮《さえぎ》って、殿下は言う。

「彼女は今、俺の直属の部下だ。つまり俺の庇護《ひご》下にある。彼女の自由、権利を阻害《そがい》し、職務を全《まっと》うできないような事態になれば、王族への反逆と見做《みな》されるかもしれないな」

「……それは――」

「メイアナ次第《しだい》だ」

殿下が私に視線を向ける。真剣《しんけん》に、でも優しく。

「安心しろ。俺はお前の選択《せんたく》を尊重する。嫌なものは嫌だと、言ってもいいんだぞ？」

「――」

「聞き捨てなりませんね。何が嫌と――」

「お断りします」

私は拒絶《きょぜつ》する。もちろん、ジリーク様に向かって。

頭を下げながら。

「何を……」

「婚約《こんやく》の件です。素敵《すてき》なお話ですが、一度破棄《はき》された私にその資格はございません。フェレス家としましても、すでにお姉様とご婚約されております。私とわざわざ婚約する利点は、ないように思えます」

「っ、君の意思はわかった。だがご両親がどう判断されるか」

「わかっております。ですので、私からお父様とお母様にはお話しさせていただきます」

なぜだろう？

殿下が傍《そば》にいてくれる。隣《となり》に立ってくれているだけで、こんなにも勇気が湧《わ》く。

私の味方をしてくれるから？

心強いと感じている……だけ、なのかな。

貴族同士の婚約は、家同士の交友を深めるものであることが多い。とは言え、個人の意思がまったく尊重されないわけでもない。

特にその個人が、然《しか》るべき地位を確立している場合、家は個人の意思を無視できない。

「話は終わりです。私はお仕事がありますので、これ以上は……」

「業務の妨害《ぼうがい》がしたいなら、俺がゆっくり話し相手になってやろうか？」

「……くっ、王都に戻ってから話そう、メイアナ」

「機会がございましたら」

悔しそうな横顔を見せて、ジリーク様は背を向ける。

初めて、彼のあんな顔を見た。意地の悪い話だけど、少しだけ気分がいい。と同時に、緊張が解《ほど》けてどっと疲《つか》れが押し寄せてくる。

「はぁ……」

「お疲れ様」

「殿下……」

「災難だったな。ここまで来て面倒《めんどう》な奴にからまれるなんて」

そう言って彼は笑う。殿下が来てくれなかったら、私は場の圧に流されていただろう。

不本意を受け入れて、したくもない婚約をして。その先に幸せはないと理解しながら。

「ありがとうございました。殿下」

「俺は何もしてない。ただ小言を言っただけだ」

その小言が、私の背中を押してくれた。

「まぁ、小言ついでにアドバイスをしておこう」

「アドバイス、ですか？」

「ああ」

彼は右手を挙げて、人差し指を立てる。

その指は、私のおでこに触《ふ》れる。

「もう少し、自分に自信を持て」

「え？」

「君は俺に選ばれたんだ。そんな奴、この国じゃ数えるほどしかいない。もっと堂々としていればいいんだよ」

「殿下……」

そうだ。私は殿下の部下になった。その私が情けない姿を見せれば、殿下の評判にも繋がる。

私を選んでくれた殿下に、後悔《こうかい》してほしくない。迷惑《めいわく》はかけたくない。

「努力します」

「それはもうしてるだろ？　君に必要なのは、努力している自分を認めることだ」

「はい！」

まだまだ難しい。けど、殿下がそう言ってくれるのなら……。

少しだけ、私は凄《すご》いんだと思ってみよう。

第三章 ◆ 止まない雨

「──【↑】《テイワズ》」

ルーンをなぞり魔力を活性化させる。

【↑】に宿る意味は戦と正義。人類の正義を掲《かか》げた戦いが始まったことを意味している。

私は指をなぞり、横の文字へと移す。

「次は……【◇】《イングズ》」

宿りし意味は神。相手は史上最厄の魔神。人々の総力をかけて挑《いど》み、勝利に確証がもてないほどの相手。

「これで七行」

あれから解読のペースは順調に上がっている。解釈が広がり、石板に描かれている文字の意思が少しずつわかるようになった。

この石板には魔神との壮絶《そうぜつ》な戦いについて描かれている。

殿下の推測は正しいかもしれない。まだ不完全で確証はないけれど、石板の最後に刻まれた文字は……。

「【ᛟ】《オースイラ》……」

意味は遺産、土地。魔神と戦い、その強大すぎる力をどこに封《ふう》じたのか。おそらく最後まで読み解けばわかる。

限りなく確信に近い推測を胸に、私は解読を続けた。

「……」

解読は集中しなければならない。しかしどうしても邪念《じゃねん》が入る。再婚約を迫られたのはついさっきの出来事だ。

忘れることは難しい。気持ちの切り替《か》えも、ちゃんとできていたつもりだったのだけど……。

「はぁ、まだまだ甘《あま》いんだな」

と、自分の弱さを再認識《さいにんしき》する。私はきっぱりと婚約の話を断った。

ジリーク様がどう考えようと、今さらよりを戻《もど》す気なんてない。

利用されるのはまっぴらだ。殿下《でんか》に背中を押され拒絶したことに後悔はしていない。ただ、この任務が終われば、私は屋敷《やしき》へ戻ることになる。

フェレス家へ……私の家へ。

婚約を断った話を、ジリーク様が先にお父様へ伝えるはずだ。

利点の話なら、お姉様との婚約がある時点であまり意味はない。

それでも、私ごときが断るなんて生意気だと、お父様とお母様は思うかもしれない。

顔を合わせた時になんと言われるか。考えるだけで憂鬱《ゆううつ》だ。

「いっそこのまま……」

なんて、情けないことを考えたところで我に返る。このままローリエに残れれば、とか。

滞在期間を目いっぱい使ってとか、考えた時点で私は弱い。逃《に》げたところでいつかは向き合うんだ。

いい加減私も、私の弱さに立ち向かわないといけない。

そうしなければ成長できない。

「……よし」

パンと自分の頬《ほお》を叩《たた》き、気合を入れなおす。

早く仕事を終わらせよう。そして屋敷に戻って、お父様たちとちゃんと話そう。

殿下の下で働いていることも、ジリーク様と婚約する気はないことも。嫌なことは否定できるようになろう。

そのためにも、今は目の前の仕事と向き合うんだ。

「えっと、次の文字は……」

私は黙々《もくもく》と解読に勤《いそ》しんだ。次の日も、その次の日も遺跡で石板と向き合う。

何日も同じ景色を見続けながら、飽《あ》きることなく解読する。

景色は変わらずとも変化はある。少しずつ文字を刻んだ誰かの気持ちがわかっていく。

難しい迷路《めいろ》を攻略《こうりゃく》するような感覚は、ルーン魔術師《まじゅつし》にしかわからない感覚かもしれない。

ある意味、私だけの特権だ。

そして――

◇◇◇

「殿下、明日には解読が終わります」

「本当か?」

「はい。今日まで九段目の解読が終わりました。残るは最後の一段です」

「ついに、か」

「はい」

夕食の時間、私は殿下に現状報告をした。

解読のペースは加速し、一日一段の解読ができるようになっている。

この調子なら問題なく、明日の間に解読は終わる。すでに解釈は深まった。あとは最後まで解読して、全てを一つにまとめる。

「だったら、明日は俺も同行しよう」

「殿下もですか？」

「ああ、見学してる。仕事の邪魔《じゃま》をする気はないが、俺も世紀の瞬間《しゅんかん》に立ち会いたくてな。構わないか？」

「はい。もちろんです。私も、殿下に見ていてほしいです」

私は任務を無事に果たす瞬間を。達成した時の喜びを、願わくば殿下と分かち合いたいと思っていた。

願ってもない申し出だ。より気合が入る。


そうして翌日。いつもより早い時間に視察を終わらせ、私は殿下と共に遺跡へ入る。

まだ若干霧《じゃっかんきり》がかかっている。作業するには少々邪魔だけど。

「ウィンドカーテン」

殿下が右腕《みぎうで》を大きく払《はら》い、足元に術式を展開する。自身を中心に気流を操《あやつ》り、風の障壁《しょうへき》を生み出す魔術《まじゅつ》だ。

霧がみるみる四方へ散っていく。

「これで視界は良好だろ？」

「ありがとうございます」

「これくらいはする。見学料だ」

私は殿下に見守られながら、解読を始める。

最後の一段、残り十二文字。ここまでほぼすべての文字に、戦いや苦悩《くのう》、怒《いか》りや絶望といった負の感情が多く込められていた。

魔神との戦いは多くの犠牲《ぎせい》を生んだ。激しい戦いであったことは、もはや疑いようもない。悲しみが多いのはきっと、このルーンを刻んだ誰かも、大切な何かをたくさん失ったからだろう。

ルーンには感情が宿る。

意図せずとも、その時のコンディションが影響《えいきょう》する。

「最後の一文字……」

意味はすでにわかっている。

遺産、土地。魔神と戦い、その力をどこかに封じた。最後まで解読を済ませても、場所まではわからない。

こういう時は最初から、意味を頭で連想しながら読み上げていく。

「【ᚺ】《ハガラズ》、【ᚾ】《ナウシズ》、【ᛊ】……」

一文字ずつ丁寧《ていねい》に、読み上げと一緒《いっしょ》にルーンをなぞる。

魔力《まりょく》の活性化と、そこに込められた意思を感じる。ルーンは魔術のために作られた文字だ。

文字には魔力が宿り、刻んだ術者の意思を宿し、想像を体現する。

石板に刻まれた文字にも微弱《びじゃく》ながら魔力が宿っていた。ただ文字に乗せるためだと思っていた。

私は、魔術全盛《まじゅつぜんせい》の時代を侮《あなど》っていたんだ。

「【ᛟ】《オースィラ》……！」

私は遅《おく》れて気づく。

この石板自体が、百二十のルーン文字全てで、一つの魔術を形成していたことに。

「メイアナ！」

「――！」

殿下の声が頭に響《ひび》く。

その声が遠く聞こえて、意識が薄《うす》れていく。

◇◇◇

目の前が真っ白になった。石板のルーン文字は、それ自体が一つの術式となっていた。全ての文字を解読し、最後まで読み切ること。それこそが発動条件だったらしい。

「ここは……」

真っ白な世界だ。自分だけが何もない空間に浮かんでいるような。

それとも立っている？

見えないけど地面がある。いいや、それだけじゃない。夢のような世界で目を凝《こ》らすと、見えてくるものがある。

「これは……記憶《きおく》？」

誰かの、記憶。おそらく石板にルーン文字を刻んだ術者の記憶だろう。

見知らぬ景色が広がる。まさか古代の、四千年前の世界か。

街がある。今の街並みとは全然違《ちが》って、粘土《ねんど》を固めて作られた一階建ての家が並ぶ。

地面と家の壁《かべ》の色がほとんど一緒だ。今よりも建築技術が発達していなかった時代ならではの景色。現代を生きる私には新鮮《しんせん》だった。

何よりも……。

「平和だ」

人々は今ほど裕福《ゆうふく》ではなくとも、自由に生きていた。幸せそうだった。

記憶の主も、妻と子供に恵《めぐ》まれて、幸せな日々を送っている。しかし、ある日突然悲劇は起こる。

空が漆黒《しっこく》に覆《おお》われた。太陽は隠《かく》れ、月もなく、ただただ暗闇《くらやみ》が世界を包んだ。

これこそが魔神《まじん》の誕生。生まれ落ちてすぐ、人々を恐怖のどん底へと突き落とした。

太陽が漆黒に消え、魔物《まもの》たちが活性化する。人々は魔物たちとの戦いを余儀《よぎ》なくされ、戦乱は広がる。

多くの血が流れた。流れる必要がなかった血がほとんどだ。術者の家族も、魔物によって殺されてしまった。

「ひどい……」

術者は怒りに震《ふる》えた。魔物に対する怒り、魔神に対する憎《にく》しみを抱く。

優《すぐ》れたルーン魔術師だった彼は、最前線で魔神と戦う道を選んだ。

多くの同胞《どうほう》が倒《たお》れながら、前だけを向き突き進む。しかし魔神の力は強大すぎて勝機が見えない。

戦うほどに人類側の戦力はなくなる。そこで彼らは考えた。勝利することではなく、戦いを終わらせる方法を。

ルーンの魔術師たちを総動員して、魔神を封印《ふういん》する術式を生み出した。

当然、魔神の封印は容易《たやす》いことではない。最後の決戦でも血は流れた。それでも人々は意地を見せ、見事魔神を封印した。

人々は勝利したのだ。しかし、ルーンの魔術師は気づいていた。

この封印が永遠ではないことを。いずれ遠い未来で、魔神の恐怖が世界を襲《おそ》うことを。

だから残した。

後世に、偉業《いぎょう》としてではなく、託《たく》すために。

◇◇◇

「――アナ！　メイアナ！」

大声で名前を呼ばれて、私の意識は覚醒《かくせい》する。視線の先には心配そうに私を見下ろす殿下の顔があった。

肩と頭を支えられ、背中にも殿下の腕《うで》が回っている。

「殿下……？」

「よかった。目が覚めたか」

「えっと、私……」

「気を失ったんだよ。ルーン文字を読み切った途端《とたん》に」

石板の記録を見ている間、私は気を失っていたらしい。

梯子《はしご》から落ちる私を殿下が受け止め、目覚めるまで何度も呼び掛けてくれていたようだ。

「すみません殿下、ご心配をおかけしました」

「大丈夫なのか？」

「はい。身体《からだ》に異常はありません。石板に刻まれていたルーンが発動しただけです」

「ルーンが……何があったんだ？」

心配そうな表情で殿下が私に尋ねる。

私はゆっくりと身体を起こし、殿下と改めて顔を合わせる。

「魔神が封印されている場所がわかりました」

殿下は大きく目を見開く。

話すべきことは色々あるけど、まずは殿下が一番知りたいことを伝えよう。私は見た。

術者の記憶を、四千年前の真実を。

「……どこだ？」

「……王都」

「――！」

「王城の地下に、魔神を封じている遺跡があります」

◇◇◇

ガタンゴトンと馬車が揺《ゆ》れる。出発した頃《ころ》より揺れは小さくなった。

整備された道を通っている証拠《しょうこ》だ。

「帰ってきたんだ」

窓の外を見る。石板の調査を終えて、私は王都へと帰還《きかん》した。

久しぶりに見る王都の景色だ。

わずか数週間の出来事だけど、王都から出る機会がなかった私にとって、この数週間は大きく長かった。王都が懐《なつ》かしいと感じるほどに。

「父上へ報告に行く。準備はいいな？」

「は、はい！」

緊張するけど、これも私の役目だ。解読した内容を国王陛下に報告する。

私は殿下と共に王城へと帰還し、玉座の間へ向かう。話があることは、先に騎士《きし》さんが陛下に伝えてくれている。

陛下は私たちが来るのを待っている。

「緊張してるか」

「はい」

廊下《ろうか》で殿下に尋ねられた。

当たり前だ。陛下とお話しする機会なんて貴族でも滅多《めった》にない。私にとって初めての体験だ。だけど不思議と、怖いとは思わない。

なぜだろう？

「わかったことを報告するだけだ。俺《おれ》も傍にいる」

「はい」

殿下が一緒だとわかっているからかな？

いつの間にか私はたどり着いていた。

玉座の間に。仰々《ぎょうぎょう》しい扉《とびら》の先に、この国の王様が待っている。

「行くぞ」

「はい」

見張りの騎士に殿下が視線を向ける。何かの合図をした後で、その騎士が別の入り口から中へと入った。

仰々しい扉とは別に、騎士たちが出入りする扉もあるらしい。

十数秒待って騎士が戻ってきて、殿下に入室の許可が下りたことを伝達した。

そして——

扉が開く。この国で一番高貴な場所へ。私たちは赴《おもむ》く。赤い絨毯《じゅうたん》が伸《の》びる先に一段上がって、玉座がある。そこに、私たちの王様が座《すわ》っていた。

私と殿下は絨毯の上を進み、途中で膝《ひざ》を突く。

「ただいま戻りました。父上」

「——うむ。よく戻った、アレクトス。そして……そなたがメイアナ・フェレスか」

「はい！」

「よい返事だ。二人とも顔をあげなさい」

私は恐《おそ》る恐る、頭をあげる。見上げた先に座る陛下と、顔を合わせる。

「長旅ご苦労だった。アレクトス、メイアナ」

国王陛下の顔を知らないわけじゃない。この国で、王都で暮らしていて、顔を見たことがない人のほうが少ない。

一般《いっぱん》の方でも、パレードや演説で顔を見る。私も何度か見たことがある。

立派な髭《ひげ》を生やし、シワの数が威厳《いげん》を感じさせ、王たる雰囲気《ふんいき》を漂《ただよ》わせる。こんなにも近くで見ているのに、思った以上に威圧《いあつ》感がなかった。

拍子抜《ひょうしぬ》けするほど、穏《おだ》やかな表情をしていた。

「大事な報告があると聞いたが、何がわかったのだ？」

「はい。その報告は私からではなく、解読に成功したメイアナからさせていただきます」

「ほう、石板の文字を解読できたのか」

「はい。彼女はルーンを操る魔術師です」

殿下の視線と、陛下の視線が私に集中する。

期待と興味が入り交じる。緊張《きんちょう》はしないほうが難しい。だからこそ、できるだけ大きな声で、まっすぐ前を見よう。

「ご報告させていただきます！」

弱い自分を誤魔化《ごまか》すように。緊張より、不安より、勇気を奮い立たせるように。

時間にして十分もなかった。私は陛下に、石板を通して見た情報を伝えた。四千年前に何が起こったのか。

魔神と戦い、この地の奥深《おくふか》くに封印していることも。

「この城の地下に、遺跡《いせき》があるというのか？」

「はい。石板にルーンを刻んだ術者の記憶では、この城の地下に魔神と戦った人類の拠点《きょてん》があります」

「では石板があった遺跡はなんだ？」

「あれは術者の研究施設《しせつ》です。彼はあそこでルーンの魔術を研究し、魔神を永久に封じる術と、いずれ復活することを後世へと残しました」

私のようなルーンを解読できる術師が現れることを期待して。自分のような悲しい思いを、未来の誰かがしなくてもいいように、と。

偉大《いだい》な魔術師が未来に残したメッセージを、私は受け取った。

「そうか……理解した。アレクトス！　騎士団《きしだん》の一から三番隊までをお前の管理下に置く。早急《さっきゅう》に遺跡探索《いせきたんさく》に取り掛《か》かれ」

「はっ！」

「素晴《すば》らしい成果だったぞ、メイアナ。お前の働きのおかげで、我々はいずれ起こる悲劇を未然に防ぐチャンスを得た。王国、民を救う足掛《あしが》かりを作ったのだ。まさしく英雄《えいゆう》と言えよう」

「わ、私は与《あた》えられた業務を全うしただけです。英雄などと……」

「謙遜《けんそん》しなくてもよい。このワシが認めているのだ。胸を張るがよい。お前は、お前にしかできない偉業を成《な》し遂《と》げたのだ」

陛下の激励《げきれい》が、私の心を突き抜《ぬ》ける。

今、やっとわかった。陛下とこんなに近く接しているのに、気が抜けてしまうのは……。

「よく頑張《がんば》ったな、メイアナ」

「殿下……」

陛下が、私の隣にいるこの人に似ているから。

考えてみれば当然だ。だって陛下は、私のことを認めてくれた殿下の御父上《おちちうえ》なのだから。

私の頑張りが、殿下だけじゃなくて、陛下にも認められた。

これ以上の幸福はない。嬉《うれ》しさがこみ上げて、涙《なみだ》が出そうになる。

「メイアナよ、調査にはお前も加わってほしい。お前の力が必ず必要になる」

「はい！」

「うむ、よい返事だ。さて、此度《こたび》の成果の褒美《ほうび》を与えないとな。メイアナよ、何か望むものはあるか？」

「望むもの……ですか」

陛下から褒美を頂けるなんて、予想していなかったから驚《おどろ》く。

急に問われてもすっと答えが出ない。

「なんでもよいぞ」

「……」

私に必要なもの……私が望むもの。お金は働けば手に入るし、これまで見習いとして働いたお金は手つかずだ。

地位も、私は一応持っている。名誉《めいよ》は……欲《ほ》しいとはあまり思わない。

全員に認められなくてもいい。ただ、ちゃんと見てくれる人が、一人でもいいからいてほしい。

その願いは叶《かな》っている。

願わくばこの先も、殿下のお傍で働けるように……。

「ないのか？　望みは」

「父上、いきなり聞かれても簡単には出ませんよ」

「む、それもそうか。すまなかったな、では後日改めて――」

「一つだけ！　お願いしてもよろしいでしょうか」

私は声を大きく口にする。殿下と陛下は揃《そろ》って驚く反応をした。

我ながらずうずうしい願いを思いついた。けれど、私には必要なことだ。

これから先、しがらみを脱《ぬ》ぎ去って、前へと進むために。

「私は――」

今の自分を、脱ぎ捨てる。

◇◇◇

陛下への報告を終えた私は、フェレス家に一度戻《もど》ることにした。

長旅で殿下もお疲れだった。遺跡の探索《たんさく》を今すぐ始めたいところだけど、二日ほど休みを取ることになった。

陛下からも、そのほうがいいと言われている。

早急にというのは、体調を整えた後に素早《すばや》く、という意味合いだったみたいだ。というわけで、私も二日間は自由の身になる。

この国で、王都で私が帰る場所は一つしかない。たとえいい思い出が一つもなくても、フェレス家が私の家……。

「すぅーはぁ……」

私は屋敷の前で大きく深呼吸をする。すっかり帰りが遅《おそ》くなり、夕暮れ時になった。

お姉様は仕事を終えて帰ってきているだろうか。できれば全員いてほしいと思いつつ、意を決して屋敷の中へと入る。

自分の家に帰るのに、どうしてこんなにも覚悟《かくご》がいるのか。

私にとってこの屋敷は、牢獄《ろうごく》みたいな場所だ。許可なくして自由に出ることも許されず、使用人からも避《さ》けられて居場所がなかった。

国のトップは陛下だけど、この屋敷の王様は……。

「ただいま戻りました。お父様」

この人、私の父親。フェレス家現当主、アルベルト・フェレス。

「戻ったか、メイアナ」

「はい」

執務《しつむ》室《しつ》にいた父に帰還の報告をする。

何も言わずにローリエに行ったこと、怒られると覚悟していた。けれど意外と、表情は穏やかだ。

「ちょうどいい。今から夕食にしよう」

「は、はい」

おとがめなし？

「そこでゆっくり話を聞こう」

「……はい」

いいや、簡単に終わるはずがない。私はごくりと息を呑《の》む。夕食の部屋に入ると、遅れてお母様も現れた。

「あら、お帰りなさい、メイアナ」

「はい。お母様」

珍《めずら》しいことに、お母様のほうから挨拶《あいさつ》をしてくれた。

今まで一度もなかったことだ。いつもはお姉様とだけ話して、私のことは無視されるのに。

不気味なくらい自然に話している。なんだろう、この違和感《いわかん》は……。

「座りなさい。食事をしよう」

「お姉様は？」「レティシアはまだ宮廷《きゅうてい》にいる」

「忙《いそが》しいみたいね。ここのところ毎日帰りが遅いのよ」

「そう……なのですね」

お姉様はまだ仕事をしているらしい。

少し前の私のように、あふれんばかりの仕事と戦っているんだ。

気の毒ではあるけど、本来の形に戻っただけ。私に押《お》し付けていた分のしわ寄せだ。

同情はできない。ただ、そのことに対してお父様たちがどう思っているのかは……少し気になった。なんとも思っていないのか。

それとも、見せないだけで憤《いきどお》りを感じているのか。後者だとすれば、発散の相手はいつも私だ。

静かに食事が始まる。

「メイアナ、アレクトス殿下の下で働いていると聞いたが、本当か？」

静寂《せいじゃく》を破ったのはお父様だった。何の前置きもなく、質問だけを口にする。

私は自然と食事の手を止める。

「はい」

「そうか。ローリエへも、殿下に同行したのだな」

「はい」

「何の仕事をしていたんだ？」

「それは、まだお答えできません」

肉親であっても、ここは譲《ゆず》れない。陛下からも、遺跡が発見された後で正式に発表すると言われている。

それまでは内密に。質問されることは予想していたので、焦《あせ》らない。

「……そうか。それが殿下のご意向なら聞きはしない。ともかく、よくやった」

「――――！」

お父様が私を褒《ほ》めた？

今まで一度も、褒めたことがないお父様が……。

「本当に驚いたわ。まさか貴女《あなた》が殿下に気に入られるなんて！」

「お母様」

「ねぇ、殿下とはどんなことをきっかけに知り合ったの？　普段《ふだん》はどんな話をされるの？」

こんなにも上機嫌《じょうきげん》に、子供みたいにはしゃいで語り掛けるお母様なんて……知らない。

私の前ではいつも無愛想に、目すら合わせてくれない人が……。

「殿下のご年齢《ねんれい》も確か近かったわね」

今は私のことをまっすぐ見て話している。

お父様も上機嫌に見える。喜ばしいことだ。生まれて初めて、家族らしい食卓《しょくたく》を囲んでいる。そのはずなのに……。

気持ち悪い。


そう思ってしまった。これが、私の心の叫《さけ》びだと気づくのに、時間はかからなかった。

だから――

「お父様、お母様！　大切なお話があります」

「なんだ？」

「どうしたの？　そんなに怖《こわ》い顔をして」

覚悟してきた。私は今日、この場で生まれ変わると。

大きく深呼吸を一回。気持ちを整えてから、一枚の封筒《ふうとう》をテーブルに置く。

「これは？」

「陛下から頂いた特例書です」

「特例？」

「はい。その紙には私の……私個人の貴族としての地位を保障する旨《むね》が書かれています」

簡潔に伝えた一言。聡明《そうめい》なお父様とお母様が、その意味を悟《さと》る。

驚く二人は私を見つめる。ダメ押しでハッキリと、私の口から伝えよう。

「お父様、お母様……私は今日を以《もっ》て、フェレス家を出ます」

それは家を出るという単純な意味ではない。

フェレス家という貴族の家系から抜けるという意味……すなわち、縁《えん》を切るという意味だった。

「メイアナ」

お父様の低い声が響く。先ほどまでの穏やかな雰囲気は凍《こお》り付く。

「その意味を理解しているのか？」

冷たく鋭《するど》い視線が私を刺《さ》す。私は背筋が凍るような寒気を感じた。

「わかっているの？　私たちと縁を切る……そう言ったのよ？」

お母様も同じだ。にこやかに笑っているけど、冷たい笑顔《えがお》だ。

二人の視線が私を責め立てる。

「今なら聞かなかったことにしよう」

「ええ、せっかくの食事が美味《おい》しくなくなってしまうわ。楽しく食べましょう」

「……」

けれども私は、その圧力に負けじと声を出す。

「私はこの家を出ます！　この日を以て、私はもうフェレス家の人間ではありません！」

「「――！」」

二人は驚く。私がここまでハッキリと拒絶《きょぜつ》するとは思わなかったのかもしれない。

お父様が食事の手を止め、テーブルに肘《ひじ》を置いて手を組む。

「何を考えているんだ？　家を出るだと？　何を勝手なことを」

「まったくだわ。そんなこと簡単にできると思っているの？」

「……そのために、陛下に特例書を頂きました。中身を読んでください」

お父様が私を睨《にら》む。呆《あき》れたようにため息をこぼし、封筒の中を見る。

そこに記されている内容は、簡単に言うとこういうことだ。

私がフェレス家を抜けることを推奨《すいしょう》する。そして私の貴族としての地位は、フェレス家を抜けた後も維持《いじ》される。要するに、私はフェレス家から独立することを許された。

他の誰《だれ》でもない……この国の王様に。本来、国王であっても他の家の事情に深く介入《かいにゅう》できない。ただし当事者が望んでいる場合、それを後押《あとお》しすることはできる。

この特例書がまさに後押しだ。

「こんなことを陛下が……一体何をした？　いや、何をしてきた？」

「お答えすることはありません」

「メイアナ！」

怒声《どせい》が響く。およそ聞いたことがない声量で、鬼《おに》のように怒りに駆《か》られた顔で。

お父様は私を睨む。

怖い。

でも、ここで引いたら何も変わらない。私はもう、怯《おび》えながら生きるのは止《や》めると決めた。これからも殿下《でんか》のお傍《そば》で働けるように。

殿下の部下として相応《ふさわ》しい人間になるために。

「私はずっと考えていました。この家に……私の居場所はあるのかと。考えるまでもなく、そんなものはありませんでした」

姉ばかり優遇《ゆうぐう》され、出来損《できそこ》ないの私はいないもの扱《あつか》い。声をかけても無視され、目も合わせない。そんな扱いを、十数年続けられた。

「私が、お姉様より劣《おと》っていることは自覚しています。それでも……対等ではなくても、認めてほしかった」

私の頑張りを。お姉様だけじゃない、私もここにいると。叫ぶように努力した。

知識を学び、できることを探した。けれど二人は、そんな私に見向きもしなかった。

「認めてほしかった……二人に、私のことを……でも、さっきわかったんです。お父様に褒められても嬉しくありませんでした。お母様と話しても、楽しくありませんでした」

ただただ気持ち悪くて。私は不快だった。

消えるはずがないんだ。今まで受けてきた仕打ちが、目に見えない傷跡《きずあと》が……。

「今さら優《やさ》しくされても、認められても、嬉しくありません」

「それがなんだ？　認めてほしかっただと？　ならば相応の結果を出せ。そうしなかったからだろう」

「――はい」

やっぱり、この人たちは私を見ていない。今も、認めているようで違っている。

二人が見ているのは私じゃなくて、その後ろにいる殿下なのだろう。

「ジリーク様と同じですね」

お父様がわずかに反応する。

「すでにご存じでしょう。私はジリーク様に再婚約《こんやく》の話を頂きました。ですが、お断りさせていただきました」

「聞いている。なぜかは……もはや聞くまでもないな」

「はい。私はフェレス家の名を返上します。私との婚約など意味はありません」

「……そうか。ならば好きにするといい」

「貴方《あなた》」

「陛下が関わっているのなら、メイアナの意思を尊重すべきだ。元よりこの家に、お前の居場所などない」

そう、ハッキリと告げられる。

わかっていた。けれど、こうも堂々と、お父様に言われるのは……やっぱりショックだ。

「今まで……ありがとうございました」

育ててくれたこと、感謝はしている。たとえ愛がなくとも。今日まで生きることができたのは、帰る家があったからだ。

それを失った。いいや、自分で捨てた。前へ進むために。

私は一人、屋敷《やしき》を出る。最後の食事は、あまり喉《のど》を通らなかった。荷造りを簡単に終わらせて、荷物を手に夜空を見上げる。

「雨……降りそう」

分厚い雲に覆われて、星も月も見えない。

「メイアナ？」

「――！」

視線を戻《もど》すと、目の前には彼女《かのじょ》がいた。私の姉、いつも比べられていた相手が。

「お姉様」

「戻っていたのね」

「はい」

げっそりしている。見るからに疲《つか》れていて、目つきも悪い。暗くてよく見えないけど、目の下にクマができている？

「こんな時間にどこへ行くの？」

「……私、フェレス家を出ることになったんです」

「え？」

驚いたお姉様は固まる。偶然《ぐうぜん》でも、今日のうちに会えてよかった。最後の家族にお別れを言える。

「何を……」

「私はもうフェレス家の人間じゃありません。だから、この屋敷にも戻りません」

私が抜けて大変な思いをしているのだろう。

お父様とお母様は、いつもストレスの発散場所として私を使っていた。その私がいなくなった後、お姉様一人で、お父様たちの思いを受け止めないといけない。

家族として、期待されている娘《むすめ》として。私にはもう、その権利も資格もない。

「出て行くって、どうして急に」

「わかるでしょ？　私の居場所はここにはなかった……だから、いい機会だったの」

伝えるべきことは伝えた。これ以上長居はしたくない。私は歩き出し、姉の隣《となり》を通り過ぎる。

「さようなら、お姉様」

「――メイアナ」

これが最後の、姉妹《しまい》としての会話になるのだろうか。

私は振《ふ》り返らなかった。彼女がどんな顔をしているのか、何を言いたいのか。

聞くこともせず、早足で進んだ。止まれば覚悟が鈍《にぶ》りそうだったから。しがらみをなくして自由になった。この足でどこへでも行ける。

私はこれからどこへ行く？

一人で……雨が降る中を……。

「風邪《かぜ》を引くぞ、メイアナ」

「――殿下」

いつの間にか、殿下が私の前にいた。雨に濡《ぬ》れながら気にもせず。

「話は終わったんだな」

「……はい」

「ちゃんと伝えたか」

「……はい」

「よく、頑張ったな」

「――はいっ」

ずるい。こんな時に、優しい言葉をかけられたら……涙があふれてしまう。

殿下の前で泣くつもりはなかったのに。情けなく涙する私の頭を、殿下は自分の胸に引き寄せる。

「当分止みそうにないな……この雨は」

私は一人じゃないと、教えてくれるように。

雨を見つめる殿下の姿は、潤《うる》んでいるせいか凄《すご》く悲しそうで、どこか遠い所を見ているようにも思えた。

第四章　怖がりな勇者様

朝が来る。太陽はいつも変わらない。世界で何が起ころうと、人の心に変化があろうと、何食《く》わぬ顔で空に上がる。

目覚めたくない朝だって、もう朝だぞ、起きろと輝《かがや》く。

「……うう」

少しだけ、憂鬱《ゆううつ》な朝だった。

この感覚も久しぶりだ。私はゆっくりと瞼《まぶた》を開き、重たい身体を起こす。

「……」

ぼーっとしながら時計を見る。ほんの少しだけ、普段より遅い目覚めだった。

別に仕事が嫌《いや》になったわけじゃない。ただ、疲れているんだ。ローリエでの長期任務から帰還して、私は一つのけじめをつけた。

生まれ育った我が家《わがや》に、家族に、お別れを告げた。

覚悟した上での決別。居心地《いごこち》のいい場所じゃなかったし、家族に対しての愛情も……受けたことがないから知らない。

それでも尚《なお》、何も感じないことはなかった。曲がりなりにも十数年ともに過ごしたのだから、心が揺れるのは当然だ。

こればっかりはさすがに、自分を情けないとは思いたくない。

「ふぅ……よし」

パンと顔を両手で叩《たた》く。ちょっと痛いくらいがちょうどいい強さだ。

身体は元気で、心が疲れている。

これから仕事だ。あまり心配をかけたくない。空元気でもいいから、気合を入れていこう。今日からまた、新しいお仕事が始まるんだ。

朝食は軽めに済ませる。部屋の中にキッチンもトイレも、シャワーもあるから便利だ。

鏡の前で寝《ね》ぐせをとかし、服を着替《きが》えて歯を磨《みが》く。

靴《くつ》を履《は》き替《か》えて、最後の身だしなみをチェックする。バッチリ決まっている、はず。私は部屋を出て、職場へと向かう。と言っても、急ぐ必要はない。だってここは……。

「本当……人生何が起こるかわからないなぁ」

王城の中なのだから。

「おはようございます。メイアナ様」

「あ、はい。おはようございます」

部屋を出てすぐ、見張りの騎士さんに挨拶をされた。

慣れない経験でオドオドしながら歩く。朝は執務室に来てほしいと言われているけど、まだ早いだろうか。

ローリエでのことを思い返す。殿下は私よりも早起きして仕事を始めていた。

きっと今も、部屋で書類と向き合っているに違《ちが》いない。

私は少しだけ歩くペースを上げた。そうしてたどり着いたのは、第二王子の執務室。

深呼吸一回、トントントンとノックする。

「——なんだ?」

「メイアナです！　殿下」

「ああ、入ってくれ」

「失礼します」

ガチャリと扉を開ける。思った通りの光景が広がってホッとする。

殿下はテーブルに向かい、書類に手をかけていた。

「おはよう、メイアナ」

「おはようございます。アレクトス殿下」

深々と頭を下げる。顔を上げると、殿下は仕事の手を止めていた。殿下は優しい声色《こわいろ》で尋《たず》ねてくる。

「ちゃんと眠《ねむ》れたか？」

「はい。ぐっすりでした」

「そうか。それならよかった」

殿下は嬉しそうに笑顔を見せる。

「お部屋の手配までして頂いて、本当にありがとうございました！」

「いいさ別に。部屋なら余ってるし、父上も了承《りょうしょう》してくれた」

私はフェレス家を出た。屋敷には戻れず、宿なしになった私に住む場所を提供してくれたのは殿下だった。

王城の一室に住まえばいいと、陛下に提案してくれたんだ。

驚いたのは、それをあっさりと了承した陛下に。家をなくして、まさか王城で暮らすことになるなんて思いもしなかった。

「本当にありがとうございます。私の我儘《わがまま》を聞いてくださったご恩は、一生忘れません」

「大袈裟《おおげさ》だなぁ。これは成果をあげた者への正当な報酬《ほうしゅう》だ」

「いえ、報酬なら特例書だけで十分でした。ここまでしていただけるなんて、本当に

「……」

「律儀《りちぎ》だな。別に、君のためだけってわけじゃない。これから始まる仕事にも、王城にいてもらったほうが都合がいいからな」

「はい」

これから始まる仕事、と殿下は口にする。

ローリエでの仕事が終わっても、私は殿下の部下のままでいられる。

そのことが密《ひそ》かに嬉しかった。まだ傍で働ける。この喜びが続くように、今日も頑張ろうと思う。

「殿下、私は何をすればいいでしょうか」

「そうだな。今、騎士たちに王城の内外を捜索《そうさく》させている」

魔神《まじん》を封《ふう》じた遺跡は王城の地下にある。ルーンの石板を解読したことで、かつて起こった魔神との戦いと、その顛末《てんまつ》を私は知った。

この地で魔神との戦いが起こり封印《ふういん》し、封印を守るように街ができて、国が形成された。

つまりこの国は、魔神の封印を守護するために形成されたものだった。

石板の知識のおかげで、国の成り立ちまで知ることになるとは予想外だったけど、それ以上に重要なのは、魔神が復活する可能性があること。そして、魔神に施《ほどこ》されている封印には、ルーン魔術《まじゆつ》が不可欠であることだ。

「残念ながら今のところ発見できていない。魔術師《まじゆつし》も動員して魔力《まりよく》の流れを探《さぐ》ってるが……よほど深い場所にあるのか、感知できないほど微弱《びじやく》なのか」

「では、私もその探索に加わればよろしいでしょうか？」

「ああ、そうしてくれ。俺《おれ》も手伝いたいんだが、見ての通りの状況《じようきよう》だ」

テーブルの上に積み上げられた書類。殿下は忙しそうだ。

「これが終わったらそっちへ行く。すまないが頼《たの》めるか？」

「もちろんです」

忙しい殿下の分もしっかり働こう。

殿下が来た時に発見できていたら、褒めてもらえるかな？

仕事の邪魔《じやま》をしないように殿下の執務室を出る。私が向かったのは研究室だ。

自室の隣にもう一部屋、私専用の研究室を頂いている。必要な道具は全て揃い、宮廷で働いていた頃《ころ》の環境《かんきよう》に近づけた。不自由は一つもない。

本当にありがたい限りだ。

「さてと」

さっそく探索を始めよう。と言っても、すでに騎士《きし》さんたちが総動員され探している。

それでも見つかっていない状況だ。闇雲《やみくも》に探しても見つからないのは明白。

少し頭をひねろう。

遺跡が地下にあることは間違《まちが》いない。仮に王城を移動することができれば簡単に見つかるだろうか？

殿下が言っていたように深い場所にあったら？

そもそも移動なんて不可能だ。騎士たちは私より王城に詳《くわ》しい。その彼《かれ》らが探して見つけられない時点で、王城の設備と繋《つな》がっているわけじゃない。

入り口が隠《かく》されているのか、塞《ふさ》がっているのか。魔術師の感知にも引っかからないという話だった。魔力が弱いのか、遠いのか。

もしくは……。

「ルーンによって隠されているか……」

ルーン文字に宿る魔力は感知が難しい。同じルーンの魔術師でも、直接触《ふ》れるか近づかないとわからない。

ただの魔術師には見つけられない。ルーンの痕跡《こんせき》をたどるなら、同じくルーンがいい。

私は棚《たな》から透明《とうめい》な平たい水晶《すいしょう》を取り出し、内側にルーンを刻む。

「【く】《ケーナズ》」

ルーンを刻まれた水晶は、即席《そくせき》のルーンストーンとなる。

【<】に込《こ》められた意味は松明《たいまつ》、船。探索を得意とするルーン文字。これを刻印したルーンストーンは、術者の探し物を見つける。

ふわっと浮《う》かび上がり、どこかへ向かって動き出す。ルーンストーンが通った場所は、うっすらと魔力の線が残る。私が文字に込めた願いは、ルーンの痕跡をたどること。

動き出したということはつまり、この王城のどこかにルーンが刻印されている。可能性が高まる。私はルーンストーンが作った軌跡《きせき》を追う。

「どこに……」

繋がっているの？

ルーンストーンは部屋を出て廊下《ろうか》を走る。少しずつ移動速度が上がるのは、目的地に近づいている証拠《しょうこ》だ。

右へ曲がり、左へ、まっすぐ。道中に騎士とすれ違い、石を追いかける私を不思議そうな顔で見ていた。

端《はた》から見れば遊んでいるように見えるのだろうか。確かに石を追いかける姿は滑稽《こっけい》かもしれない。

そう思うと恥《は》ずかしいけど、気にしたら負けだ。

「遊んでるわけじゃない。お仕事中！」

と、自分に言い聞かせる。

ルーンストーンは速度を増し、ついに追いつけなくなる。軌跡を追っていくと……。

「外？」

軌跡は外へ、中庭へと続いていた。

王城の敷地《しきち》は広い。中庭も豪華《ごうか》で広々としている。中央に白くてきれいな噴水《ふんすい》があるのが特徴的《とくちょうてき》だった。ストーンの軌跡は、中庭の中心に向かっている。

そして……。

「ここで止まってる」

噴水の上で停止し、浮かんでいる。

私は噴水を観察した。ただの綺麗《きれい》な噴水だ。私は水の中を覗《のぞ》き込んで、思わず笑ってしまう。

「ははは っ……私も間抜《まぬ》けだね」

こんな近くにあって、気づかなかったのか。

波打つ噴水の水面。その奥《おく》に【ᚠ】の文字が刻まれていた。

「【ᚠ《フェフ》】のルーン……意味は富、財産」

すなわち、それらを隠すための偽装《ぎそう》。間違いなくここに何かある。

「まずは水を止めないと」

王城の誰に連絡《れんらく》すれば、噴水って止まるのかな？

パッと思いつかない。何より、今すぐ中を確認《かくにん》したいという好奇心《こうきしん》が勝る。私は自然と水面に手を伸《の》ばす。

「――【ᛚ《ラグズ》】」

水面にルーン文字を刻む。固形じゃないものに刻んだ文字は一定時間で消える。

私は一時的に噴水を操《あやつ》り、水底が見えるように流れを調整した。

これで直接触れられる。文字がこれだけ大きいと、上からなぞるのは難しい。ただし今回の場合、ルーンを起動させる必要がない。

【ᚠ】のルーンは隠すためにある。だから、ルーンを破壊《はかい》してしまえば効果は失われる。

ルーンの魔術師なら破壊も簡単だ。文字に宿る魔力を、急激に乱せばいい。

「開いて」

刻まれたルーンの一部に触《ふ》れ、その形を崩《くず》し魔力を流す。調和を失ったルーン文字は効力を失い瓦解《がかい》する。

パラパラと何かがはがれる音がした。

瞬間《しゅんかん》、噴水の底がひび割れる。バキバキバキと大きな音を立て、砕《くだ》け散った底の先に、地下へと続く階段が顔を出す。

「見つけた」

ここが遺跡《いせき》の入り口だ。けど、中は真っ暗でよく見えず、先も長いように思える。もしかすると入り口へ続く道、かもしれない。

少し危険だけど確かめてみよう。私は探索に使ったルーンストーンを刻印しなおし、明かりに変えて階段を下る。

地下は寒い。噴水の影響《えいきょう》か湿気《しっけ》もひどい。一段一段ゆっくり、慎重《しんちょう》に下っていく。

そして……。

「扉《とびら》？」

仰々《ぎょうぎょう》しい金属の扉がそびえたつ。他に建物や入り口はない。扉というより、壁《かべ》だ。

「……開く、のかな……」

開け方がわからない。扉の隣を照らすと、何やら見慣れない台座があった。

台座には四つの腕輪《うでわ》がはまっている。

「これは……」

そのうちの一つを手に取り観察する。腕輪の側面にはルーン文字が刻まれていた。

刻まれた文字の意味を読み解き、理解する。

「そういうこと……」

やっぱりこれは扉だ。

遺跡の入り口。ここを通るための鍵《かぎ》が、この腕輪だと。


私は殿下に入り口の発見と、その先で見つけた扉について報告した。執務室の椅子《いす》に座《すわ》り、殿下は私の報告に耳を傾《かたむ》ける。

「庭の噴水か。予想外のところにあったな。道理で見つけられないわけだよ」

「ルーンで隠されていました。魔術師でも感知はできなかったと思います」

「君だから見つけられた、ってことか。石板に続けてお手柄《てがら》だ」

「ありがとうございます」

殿下はしっかり私のことを褒めてくれる。この一言が聞けただけで、これまでの苦労も吹《ふ》き飛ぶ。もっとも、今回はそこまで苦労はしていない。

「それにしても情けないな。いくら隠されているとは言っても噴水だろう？　一度くらいは確認したはずだし、四千年も前からあって誰も気づかないものか？」

「それも含《ふく》めて【ᛋ】のルーンの力です」

財産や富を隠すことに長《た》けたルーン文字は、人間の探そうという意識すら逆手にとる。探したい気持ちが強いほど、無意識に正解の場所から遠のくようになっている。

私のように探索《たんさく》を完全にルーンに任せれば可能だろう。ただし、ルーン文字を用いたとしても見つかるとは限らない。

より強いルーン文字が刻まれていれば、探索のルーンを使っても見つからない可能性があった。水の中にあったのが幸運だったと言える。

噴水は水の流れがあるから、流れる水が徐々《じょじょ》に刻まれたルーンを削《けず》り、その力を削《そ》いでいたんだ。

「おそらく隠された当時はもっと強力な力で守られていたと思います」

「なるほどな。長い時間をかけて薄《うす》れ……現代のようにルーンを使いこなせる魔術師がいなくなって、誰も見つけられなかったと」

「そうだと思います」

私は運がよかった。もし噴水にあるルーンが削られ劣化《れっか》していなければ、私でも見つけられない可能性があったから。

ちなみに、見つけるつもりがない人間なら見つけられるのか、という質問をされたら、答えは否だ。

見つけても何かわからない。ルーンを知っている人間ですら、それをルーンだと認識《にんしき》できない。そういう力も込められていた。

余談だけど、あの噴水に流れる水は、他の水とは違って魔導具《まどうぐ》によって管理されていない。街を流れる水は王国が管理する水道局が魔導具で制御《せいぎょ》している。

庭にある噴水だけがその管理下にはない。あの水は地下からあふれ出る水をそのまま利用しているようだった。

一か所だけ違うなら余計に気づきそうだけど、その辺りも刻まれていたルーンが上手《うま》く作用していたらしい。

管理する必要がないから、普段は誰も覗き込んだりしない。四千年間一度も止まることなく流れ続ける水は、最初からそういうものだと認識され、ルーンによってその認識も強化される。

噴水に刻まれていたルーンを刻印した人物は、私よりもずっと優《すぐ》れたルーン魔術師なのだろうと感心していた。

「それで、例の腕輪がこれか」

「はい」

殿下が座る椅子の前、テーブルの上には台座にはまっていた四つの腕輪が並んでいる。

錆《さ》びてはいるけどルーンはくっきり残っている。見た目は磨けば綺麗になるだろう。

「この腕輪が、扉を潜《くぐ》る鍵なんだな？」

「おそらくそうです。扉、というより壁は鉄に近い金属でできていました。硬度《こうど》はわかりませんが、相当な硬《かた》さです」

「扉の周りは？」

「土と岩、地面です。ただ横から侵入《しんにゅう》はできません。軽めに砕いて確認しましたが、扉以降も同様の金属で覆《おお》われていました。そしてすべてに、無数のルーンが刻まれていました」

扉、壁、台座。確認できたほぼすべてにルーンが刻印されている。それも十や二十という少ない数字ではない。文字通り無数、数えることすら困難な数のルーンが重ねて刻印されている。

「石板の時のように解読はできないのか？」

「難しいです。今回は規模が違います。それに、ルーン自体が外からの魔力を拒絶していました」

「拒絶？」

私はこくりと頷《うなず》く。石板のルーンは合計百二十文字。対して今回のルーンは、少なく見積もっても万を超《こ》えている。

たった百二十文字程度で三週間かかった。同じやり方で解読したら、何年もかかる。加えて刻印されたルーンは、術者の意思で外部からの干渉《かんしょう》を拒絶している。読み解くことも難しく、強引《ごういん》な破壊すら今回は望みが薄い。

唯一《ゆいいつ》解読ができたのは、腕輪に刻まれているルーンのみであることを、殿下に改めて伝えた。

「そうか。なら、鍵を使って出入りする他ない、か」

「はい」

殿下は腕《うで》を組んで悩《なや》む。推測を含むけど、この腕輪を装着している者だけが、扉の奥に進むことを許される。腕輪は四つしかない。

「ルーンで閉ざされているということは、内部にも同様の仕掛《しか》けがあると考えたほうがいい。四人のうち一人はメイアナ、君が適任だ」

「はい！」

私は力強く返事をした。殿下に言われるまでもなく、そのつもりでいた。

ルーン魔術への対策は私にしかできない。何より、興味があった。

文献《ぶんけん》以外でルーンに触れる機会があまりなかった私にとって、古代の遺産に触れることは願ってもないチャンスだ。この遺跡《いせき》探索が、私自身の成長に繋がる。

そうすればもっと、殿下の役に立てる。

「あと二人か」

「二人？」

「ああ、君と、俺で二人」

「殿下も探索に加わるおつもりですか？」

驚《おどろ》いた私は尋ねる。すると殿下は不服そうな表情を見せて。

「なんだ？　俺と一緒《いっしょ》は嫌か？」

「ち、違います！　私は、嬉《うれ》しいです」

以前されたのと同じ、意地悪な質問をしてきた。私はすぐに否定して、恥ずかしさに耐《た》えながらも本音を口にする。

「ははっ、冗談《じょうだん》だって。そうか、嬉しいか」

そう言いながら、殿下も少しだけ嬉しそうに笑う。

「安心しろ。こう見えて俺は強い。自慢《じまん》じゃないが、この国で俺以上の魔術師はいない。ルーン魔術を除いて、な」

「それは、存じております」

アレクトス殿下は魔術の天才だ。多くの才ある魔術師たちが集う宮廷《きゅうてい》であっても、殿下の才覚には及《およ》ばない。

第二王子にして、現代最高の魔術師。改めて凄《すご》い人物と、こんなにも近くで話している。

「どうせ少数なんだ。テキトーな人材より、実力があって信頼《しんらい》できる人間がいい」

「はい」

それには激しく同意する。殿下が同行されるなら、殿下が信頼している方を加えるべきだ。他人と接するのは苦手だけど、殿下が選んだ人なら、きっと大丈夫《だいじょうぶ》。

「殿下はもう誰にするかお考えなのですか？」

「そうだな……一人、候補はいる。まだ若いが才能だけで言えば、この国一だ」

「王国一の才能？」

殿下がそこまでハッキリ言う人物がいる？

誰だろう。パッと頭に浮かばない。強い人で思い浮かぶのは、王国が誇《ほこ》る騎士団《きしだん》の方々かな。あとは宮廷魔術師《まじゅつし》……でも殿下のほうが……。

考えてもわからない私は、素直《すなお》に尋ねることにした。

「どんな方なのですか？」

「――勇者」

ぼそりと、殿下は口にする。ニヤリと笑《え》みを浮かべながら。

「この国でただ一人、聖剣《せいけん》に選ばれし者」

「聖剣……そんな人がこの国に？」

「ああ、いる。ちょうどいい」

殿下は椅子から立ち上がる。

「今から会いに行こう。スカウトだ」

「は、はい！」

聖剣に選ばれた人……勇者。一体どんな凄い人なのだろう。

私は屈強《くっきょう》な男性を思い浮かべ、ワクワクしながら殿下と共に部屋を出た。

◇◇◇

勇者とは——聖剣に選ばれし者。王国の長い長い歴史の中で、何度も登場する名前でもある。

彼らは英雄《えいゆう》だった。大戦を勝利に導き、巨悪《きょあく》を退け、力なき者には安らぎを、共に戦う仲間には勇気を与《あた》える。故に、勇ましき者と呼ばれる。

誰《だれ》でもなれるわけじゃない。聖剣に選ばれるということは、天の声を聞くということ。

世界のどこかにいるかもしれない神様に愛された人間だけが、その資格を得る。

殿下《でんか》は私のことをよく褒《ほ》めてくれる。ルーン魔術が使えることを、選ばれたのだと言ってくれる。けれど、本当の意味でこの言葉が相応《ふさわ》しいのは、勇者だけだろう。

「こっちだ」

「ここって……」

騎士団隊舎。王国が誇る最高戦力、騎士団の総本部。今も訓練する騎士たちの掛《か》け声がよく響《ひび》いている。

魔術師は強いけど、万能《ばんのう》じゃない。剣術《けんじゅつ》、槍術《そうじゅつ》、弓術《きゅうじゅつ》、体術……肉体を鍛《きた》え上げた者が勝る部分も当然ある。

王国を支えているのは魔術師だけじゃない。

むしろ、自らの身体《からだ》を鍛え上げ、その力で剣《けん》を振るう騎士たちこそ、最強にして最大の砦《とりで》だと思う。

「勇者は騎士の中にいるんですか？」

「ああ、ついこの間入隊させたばかりだ」

それで私はよく知らないのか。同じ王城の敷地内《しきちない》にあって、騎士たちとも顔を合わせる機会はある。

勇者なんて目立つ存在がいれば、必ず噂《うわさ》を耳にするはずだ。

知らなかったのは、最近までいなかったから。だとしても、もう少し話題になっていても不思議じゃないのに……。

どんな人だろう？

ここに来て余計に興味が湧《わ》く。隊舎の中に進むと、騎士たちが汗《あせ》を流して訓練していた。

殿下を見て立ち止まり、礼儀《れいぎ》正《ただ》しく頭を下げる。慣れている殿下と違って、私まで緊張《きんちょう》する。そのままどんどん奥へと進んでいく。

大広間に到着《とうちゃく》して、殿下が立ち止まった。

「どこにいるかな」

呟《つぶや》きながらキョロキョロ探す。

ここも修練場の一つらしい。周りでは比較的《ひかくてき》若い騎士たちが訓練している。先輩《せんぱい》騎士に指導してもらっているみたいだ。

「おらどうした！　まだ十本だぞ！」

「ひぇえ……もう限界です。許してくださいぃ」

「甘《あま》ったれるなシオン！」

「ひぃ！　ごめんなさいごめんなさい！」

目立つ青い髪《かみ》の少年が、木剣《ぼっけん》を握《にぎ》ってしりもちをついている。

若い面々の中でも特に若い。見た目からの推測だと、十三、四歳《さい》くらい？　まだ子供だ。

いかにも気弱そうで、騎士には見えない。訓練……しているのだろうけど、絵面は完全にいじめのそれだ。

あんな子供までスパルタな訓練をするなんて、騎士の世界も厳しいんだな。

「あ、いた。シオン！」

「え？」

シオンって、あの気弱そうな男の子の名前じゃ……ああ、あの指導している厳しそうな先輩が勇者なのかな？

二人ともこっちを向く。厳しそうな人だし、仲良くできるかな……。

いきなり不安だ。

「殿下がお呼びだぞ！　早く行け！」

「は、はいぃ！」

慌《あわ》てて男の子が駆《か》け寄ってくる。

勇者じゃなくて男の子がこっちに……まさか……いやそんなことは。

「な、なんでしょうか？」

「お前をスカウトに来たんだよ」

「え、で、殿下まさか、この子が……勇者なんですか?」

「ああ!　シオン、聖剣に選ばれた勇者だ」

予想外の人物像に、思わず二度見する。

怯《おび》えた眼差《まなざ》しで私を見つめる少年は、木剣を両腕《りょううで》でぎゅっと抱《だ》きかかえている。ただでさえ小さい体が、余計小さく見える。

よく見ると目の色が透《す》き通るようなエメラルドグリーンで、綺麗だった。

「ほらシオン、お前も挨拶《あいさつ》しろ」

「は、はい!　シオン、です。よろしくお願いします」

「よろしくお願いします。私はメイアナ、宮廷魔術師です」

お互《たが》いに一歩引きながら挨拶を交《か》わす。私が目を合わせると、シオン君は目を逸《そ》らす。

人見知りが激しい子なのだろうか。

「殿下、この子が勇者なんですよね?」

「ん、信じてないな」

「いえ、そういうわけでは」

「構わない。たしかに、この見た目で勇者っぽくは見えないよな」

「すみません、すみません！」

「なんで謝《あやま》るんだよ……」

ペコペコ頭を下げるシオン君と、それに呆《あき》れる殿下。

殿下も認めるほど、彼は勇者らしく見えない。

「こういうのは見たほうが早いな。お前たち、ちょっと集まってくれ」

殿下が訓練していた騎士たちを集めた。

すぐに集合した若い騎士と、指導していた先輩騎士たち。二十人以上いる。こうして囲まれると、なんだか威圧《いあつ》感がある。

「いかがされましたか？　殿下」

「少し手を貸してくれ。お前たち全員と、シオン、お前とで模擬《もぎ》戦闘《せんとう》訓練だ」

「え、ええ！　ボク一人で、ですか？」

「ああ。その代わりお前は聖剣を抜《ぬ》いて戦え。ただし怪我《けが》はさせないように。お前ならできるだろ」

「む、無理ですよそんなの！　ボクが一方的にボコボコにされます！」

シオン君は涙目《なみだめ》になって拒否《きょひ》する。なんだか可哀想《かわいそう》になってきた。

「それが嫌なら本気で戦え」

殿下は厳しい言葉と視線を向ける。ちょっぴり怖《こわ》いくらい強引だ。

結局逆らえず、シオン君対騎士の方たちの試合が始まる。騎士たちは木剣を使う。

殺傷能力は低いけど、この人数差だ。普通《ふつう》なら一方的にリンチされる。オドオドするシオン君は、誰が見てもいじめられる側だった。

「殿下、大丈夫なんですか？」

「ああ。こうでもしないと、あいつは剣を抜かない」

「行くぞシオン！　殿下の前だ！　我々も全力で相手をする！」

「う、うぅ……なんでこんなことに……」

騎士たちもやる気だ。いじめみたいな構図も気にしていない。

戸惑《とまど》っているのは私とシオン君だけらしい。

「あいつは見ての通り臆病《おくびょう》だ。だけど、聖剣に選ばれた勇者である事実に嘘《うそ》はない。普段《ふだん》は頼《たよ》りなくても、聖剣を抜けば――」

「行くぞ！」

「ひ、ひぃ、もうどうなっても知らないですよ！」

怯えるシオン君の胸の前に、純白の剣が召喚《しょうかん》される。鞘《さや》に収まったまま浮かぶそれを、シオン君は抜き去る。

直後――

風が吹く。瞬《まばた》きなんてしていない。目を凝《こ》らしていたのに……見えなかった。

気づけば騎士たちの木剣は切断され、ボトボトと刃《は》の部分が地面に落ちる。彼らの視線の先にシオン君はいない。

シオン君は、彼らの背後で聖剣を抜いていた。

「あれが……」

「そう。あれが勇者シオンだよ」

聖剣を抜いた彼の横顔は凛々《りり》しく、頼りなさのカケラも感じない。

歴戦の古豪《ここう》、強者の風格。剣術の素人《しろうと》である私にもわかる雰囲気《ふんいき》を纏《まと》う。

聖剣が脈動するように輝《かがや》きを放っている。今の姿なら間違うことはない。まさに勇者、天に選ばれし者の姿だ。

シオン君が聖剣を鞘に収める。

「――す、すみません！」

途端《とたん》、大きな声で謝り出した。

「騎士団の備品壊《こわ》しちゃいました！　弁償《べんしょう》、弁償ですよね？　でもボクあんまりお金持ってないんです！　なんでもするから命だけは！」

「ええ……」

さっきまでの凛々しい姿はどこへやら。

聖剣を抜いている時と普段で、まるで別人みたいに雰囲気が変わる。

「落ち着けシオン、俺が命令したんだ。お前が弁償する必要はないし、そもそも木剣も消耗品《しょうもうひん》だ」

「じゃ、じゃあ弁償しなくていいんですね？」

「そう言ってるだろ。まったく、すまないな皆《みな》、協力してくれてありがとう」

殿下に労《ねぎら》われ騎士たちが頭を下げる。騎士たちの横顔は、少し悔《くや》しそうに見えた。

みんなそれぞれの訓練に戻《もど》っていく。

「じゃあボクもこれで……」

「お前は残れ」

「ひぃ！」

首根っこを掴《つか》まれ、猫《ねこ》みたいに硬直《こうちょく》する。

「な、なんですか？」

「なんですかじゃない。スカウトに来たって言っただろ？」

「だ、だから騎士団に入ったじゃないですか！」

「その話じゃない。新しい話だ。お前の力を貸してほしい」

殿下はシオン君に手を差し出す。殿下から直々のお願いだ。私だったら喜んでその手をとる。

「な、何させる気ですか……」

ただ、彼は慎重だった。

というより臆病なあまり疑っているように見える。

「ある遺跡の調査だ。人数制限があってな。どんな危険があるかわからないから、腕がよくて信頼できる人を集めてる」

「じゃ、じゃあボクは合わないですよ。弱いし、こんなだし」

「あのなぁ……自分を弱いなんて言うな。だったら、今戦った騎士たちはみんな弱かったのか?」

「そ、そんなことありませんよ！　皆さんボクなんかより訓練してて、強いと思います」

「そうだな。彼らは弱くない。そんな彼らに勝ったお前が弱いなんて言ったら、彼らにも失礼だぞ?」

「う……すみませんでした」

珍《めず》しく殿下が説教をしている。

しょぼんとしたシオン君を見ていると、無性《むしょう》に慰《なぐさ》めたくなる。

「大体お前、それだけ強いんだからもっと堂々としてろと言っているだろ！　自覚を持て！　お前は勇者なんだ」

「そ、そんなこと言われてもぉ……」

「自覚を持つって、難しいですよね」

「メイアナ？」

ふいに頭で考えたことが言葉になって漏《も》れた。

二人の視線が集まる。

「あ、すみません！　口を挟《はさ》んでしまって」

「いや、いいぞ。言いたいことは言うべきだ。特に俺の前では遠慮《えんりょ》するな」

「はい、えっと……自覚が持てないのは、自分に自信がないからだと思います。私も……ずっとそうでした。自分はなんでこんなにできないんだって、思ってました」

なんでもそつなくこなす姉と比べられてきた。

できないことのほうが多い。

姉は優秀《ゆうしゅう》で、私は落ちこぼれ。その差を嫌《いや》というほど見せつけられてきた。

唯一できたルーン魔術も、自慢できるなんて思えたことがなかった。

「最近やっと、自信が持てるようになったんです。殿下に、凄いことなんだって褒めてもらえて、ちゃんと成果も残せるようになって……殿下のおかげで、自分に何ができるのか考えるようになれました」

「俺は何もしてないけどな。ただ声をかけただけだ」

「それが、私にとっては大事だったんです。きっと、シオン君？　も、同じだと思います」

「……」

私はシオン君と目を合わせる。エメラルドグリーンの綺麗な瞳《ひとみ》に、私の顔が反射して映る。不思議な感覚だ。

こんな私が、他人を慰めたり、何かを伝えられるなんて……。

「たくさん、褒めてもらえばいいと思います。凄いところを見せて、頑張《がんば》って、それを認めてもらえたら……きっと自信が持てるようになります。私がそうだったみたいに」

「――綺麗」

「え？」

ぼそりと、シオン君の口から漏れた言葉に私は驚く。

「あ、えっと、変な意味じゃなくて心が！」

「心？」

「はい。ボク、心が見えて……こんなに綺麗な心の人、初めて見ました」

「私の心が……」

綺麗？

彼の目にはどう見えているのだろう。心なんて形のないものを想像したこともない。

ただ、見た目を褒めてもらえるより――

「ありがとう。シオン君」

心を褒めてもらえるほうが、気持ちがいいと思えた。

私にも見えたらよかったな。その綺麗な瞳に私がどんな風に映っているのか、知りたかった。

「ボ、ボク、やります！」

「シオン君？」

「お、急にやる気が出たな」

「はい！　その、ボクも……こんな自分が嫌で、変えたいとは思っていたんです。だから殿下に言われて、騎士団にも入って……」

「そうだったな」

殿下が優《やさ》しい目でシオン君を見つめる。

シオン君は騎士団に入る前、どこで何をしていたのだろう。

「ボクにできることなら、が、頑張ります！　だ、だからその、上手くいったら……褒めてほしいです」

「ああ。目いっぱい褒めてやる。お前にも期待してるんだ」

「は、はい！」

元気のいい返事が響く。

「これからよろしくお願いします。シオン君」

「はい！　こ、こちらこそ、よろしくお願いします！」

私は今日、勇者と出会った。

彼《かれ》が本当の意味で勇者と呼ばれるようになるのは、まだ先の話だ。

閑話◆勇者になった日

ボクは自分でもわかるくらい臆病だ。怖いものがたくさんある。

動物が怖い。

虫が怖い。

水が怖い。

雷《かみなり》が怖い。

他人と関わるのが怖い。

ボクはいろんなものが怖くて、逃《に》げていた。だから、理解できない。こんなにも臆病なボクに、聖剣が宿ってしまった理由が。

小さな村に生まれたただの子供でしかないボクが、こんなにも臆病者《おくびょうもの》で情けない男が、どうして選ばれてしまったのだろう。

自分じゃ理由を見つけられない。誰かが教えてくれるのを待つしかない。仕方ないじゃないか。

ボクだって最初から、自分に勇者の素質があるなんて教えられていなかったんだ。

ボクが聖剣の存在を知ったのは……。


「おばあちゃん……雨がひどいよ。こんな日くらい畑はお休みしたほうが……」

「ダメだよ。これ以上強くなる前に、畑を守らにゃいかん」

「で、でも……」

「安心しとき。なれとるから。シオンは部屋におればいい」

そう言って大雨の中、おばあちゃんは畑に出てしまった。外は雨の音と、時折聞こえる雷の音だけが響いている。

どっちも怖い。一人でいるのも怖くて、ボクは堪《たま》らずおばあちゃんを探しに行った。

その時だ。雷鳴《らいめい》がとどろき、魔物《まもの》の群れが村を襲《おそ》った。小さな村で、魔物と戦う術《すべ》なんてない。魔物が来たことだって初めてで、村のみんなは混乱していた。

「お、おばあちゃん！」

ボクは走った。村のみんなも心配だけど、おばあちゃんが一番心配だった。

ボクのことを育ててくれたおばあちゃん。いなくなったら、ボクは一人ぼっちになる。

そんなのは嫌だ。

こんな状況《じょうきょう》でも自分のことしか考えられない自分を情けなく感じる。だけど、それで精いっぱいだった。

畑にたどり着いた時、おばあちゃんの周りに魔物が集まっていた。おばあちゃんは腰《こし》を抜かしてしりもちをついている。

とても逃げられるような状況じゃない。

「おばあちゃん！」

「シオン！　来ちゃいかん！」

おばあちゃんは優しい。自分の窮地《きゅうち》より、ボクの無事を安心して笑ってくれた。逃げてくれと、本心から言っているのもわかった。

とても綺麗《きれい》な心……失いたくない。死んでほしくない。

「――助けなきゃ」

その一言を口に漏らした直後、ボクの頭は真っ白になった。

何秒、何分経《た》ったのだろう。気が付けばボクの周りには、魔物の死体が転がっていた。

右手には知らない剣を握っている。

「これは……？」

「聖剣」

後ろから声が聞こえた。振《ふ》り返った先に立っていたのは、見たことがない男性が立っていた。服装、立ち振る舞《ま》いから身分の高さが伝わる。

「そうか。お前が勇者か」

「勇者……？」

「ああ、その聖剣が紛《まぐ》れもない証拠《しょうこ》だ。俺《おれ》はアレクトス・デッル。この国の第二王子だ」

「お、王子様⁉」

まさかこの人が王子様だったなんて。

とても不思議な人だった。心に雨が降っている。それなのに温かくて、偽《いつわ》りのない笑顔《えがお》を見せていた。

「村のほうなら心配いらない。俺の部下たちが魔物を殲滅《せんめつ》した。みんな無事だ」

「そ、そうですか」

「で、突然《とつぜん》だが俺から提案がある」

「て、提案ですか？」

彼はボクに手を伸《の》ばす。

「俺と一緒に、王都へ来ないか？」

「王都……」

「ああ。お前の力が必要になる」

この手をボクは、すぐにはとれなかった。

臆病なボクには決断力がない。だけど、殿下の言葉に嘘はなくて。その心に雨が降っている意味に、少しだけ興味が湧いた。

後にボクは殿下と共に王都へ行くことになる。

勇者として。

第五章◆兄弟の対立

「シ、シオンです！　よろしくお願いします！」

「二度目だな」

「よろしくお願いします」

シオン君が私たちに向かって深々と頭を下げる。改めて、シオン君が遺跡探索のメンバーに加わった。

騎士団隊舎にある応接室に移動し、対面で座《すわ》った私たちは彼に状況を説明する。

「シオン、お前には俺たちと一緒に、遺跡《いせき》の調査に参加してもらうぞ」

「はい。えっと、ローリエの遺跡、ですか？」

「いや、そっちはもう終わってる。俺の隣《となり》にいる優秀なルーン魔術師《まじゅつし》のおかげで、新たに遺跡を発見することができた」

「メイアナさんが遺跡を？　す、凄いですね！」

ぴょこんと背筋を伸ばし、私のことを褒めるシオン君。

殿下も得意げな顔をしている。優秀と言ってもらえる優越感《ゆうえつかん》は、何度味わっても心にしみる。

特に、本当の意味で才能あふれる二人に言われるのは、他の誰かに言われるより大きい。

「そ、それって、騎士団が王城で動き回ってたのと、関係あるんですか？」

「お、さすがに気づいていたか。正解だ。遺跡は王城の地下、入り口はメイアナが見つけてくれた。中庭の噴水《ふんすい》から下りられる」

「噴水？　そんな場所にあったんですね。ボ、ボクもよく行くのに気づきませんでした」

「俺もだよ」

「ルーンで隠《かく》されていましたから。それに噴水は大きかったので、意識して観察しないと水底にルーンが刻まれていると気づけないと思います」

普通の人なら何かの模様だと思うだけだ。日ごろからルーンに触《ふ》れ、見慣れていた私だから気づけたのだろう。殿下はさらに詳《くわ》しく説明する。

ローリエの石板に記されていたのは、魔神《まじん》が封印《ふういん》された場所と、いずれ復活する可能性があること。その遺跡こそ、噴水の先にある。

入り口が厳重に閉ざされていて、破壊《はかい》は難しく解除も時間がかかる。入退場の鍵《かぎ》はルーンが刻まれた腕輪《うでわ》四つのみ。

「殿下と、メ、メイアナさんも参加するんですよね？」

「ああ、もちろん」

「足手まといにならないように頑張ります」

「そ、そうですか」

よかった、と小さく呟く。シオン君は私たちが一緒だと聞いて、どこかホッとしている様子を見せる。

そして気づく。

「あの、もう一人の方は……？」

私と殿下は視線を合わせ、揃《そろ》ってシオン君に視線を戻す。

「まだ決まってないんだ。現状俺たち三人だけだ」

「そ、そうなんですね」

「ああ。あと一人、どうするかな」

殿下は自分の顎《あご》に手を当てて考える姿勢をとる。

シオン君以外のメンバーを思い浮《う》かべているのだろうけど、パッと浮かんでいない様子だ。勇者以上の逸材《いつざい》は中々いないのは理解できる。

「最後の一人も動ける人員が望ましい。魔術師はもう二人いる。魔神が封印された遺跡となると、魔物が巣喰《すく》っている可能性が高い。シオンと一緒に戦えるやつが……」

「騎士団の方々に募集《ぼしゅう》をかけるのはどうでしょう？」

私は無難な意見を殿下に提案する。騎士団の方々なら、シオン君のことも知っているし、日々厳しい訓練で鍛えている。

探せば適任者はいそうだけど。殿下の反応は微妙《びみょう》だった。

「悪くないが、騎士団はいろいろと面倒《めんどう》だからな。シオンは例外だが」

「面倒？」

「まぁな。騎士団はあくまで王国を守る組織で、俺の直属の部下じゃない。命令権は王族、大臣たちがそれぞれ持っている。シオンは俺が連れてきたから問題ないが、他の隊員を個人的に引き抜くとうるさい奴《やつ》がいるんだよ」

殿下はやれやれと呆れながら首を横に振る。

私は首を傾《かし》げる。騎士団は殿下一人のものでないことは理解している。それでも殿下には命令権があって、遺跡の調査は重要な任務の一つだ。

魔神が封印されているなら、未然に危機を防ぐことも騎士団の仕事だと私は思う。

殿下が口にしたうるさい奴、とは誰のことだろう。

陛下は違《ちが》う気がする。だとすれば同じ王族で、殿下のお兄さんの……。

「とりあえず、俺のほうで何人か当たってみる。二人はその間、悪いが待機していてくれ」

「わかりました」

「は、はい」

「すまないな。なるべく早く、っと忘れていた。この後で騎士団のミーティングに参加するんだった。悪いけどここで待っていてくれないか？　二十分くらいで終わるんだ」

殿下は忙《いそが》しそうに席を立つ。

「わかりました。待機しています」

「悪いな。まぁせっかくの機会だ。二人で好きに話でもしているといい」

「はい」

殿下は軽く手を振り、そそくさと応接室を出て行く。

相変わらずお忙しい人だ。

ご自身が優秀な魔術師でもあるから、王国にとっても貴重な戦力の一つにカウントされている。殿下は騎士団の任務にも時折参加していた。

きっとそのためのミーティングなのだろう。

さてと……。

殿下がいなくなり、二人だけになった応接室を静寂《せいじゃく》が包む。広い部屋に二人きり。テーブルを挟んで向かい合い、前を向けば顔が見える。

殿下は話でもしているといいと言っていたけど、私自身あまり会話が得意なほうじゃない。

特に初対面の異性で、歳もいくつか離《はな》れている。

シオン君も人見知りするのだろう。オドオドと落ち着かない様子だ。ここは年上のお姉さんとして、場を和《なご》ませる何かを……。

「あ、あの！」

とか思っていたら、意外にもシオン君から声をかけてくれた。

勇気を振り絞《しぼ》り、声を大きくして。私は少し驚《おどろ》きながらも、穏《おだ》やかに優しく返事をする。

先を越《こ》されてしまった分、受け答えはしっかりしようと思った。

「どうしたの？」

「メ、メイアナさんの心は、どうしてそんなに綺麗、なんですか？」

「え……」

彼が尋《たず》ねてきたのは、とても答え難《にく》い質問だった。

「えっと……」

私は戸惑う。あなたは心が綺麗です。その理由を教えてください、という質問を受けて、なんと答えるのが正解なのだろうか。

第一、心の綺麗さって何だろう？

私には他人の心は見えない。心がどういう形をしていて、どんな色をしていて、人それぞれの違いもわからない。

シオン君に教えられるまで、自分の心がどんな形をしているのかなんて考えたこともなかった。悩《なや》み、考え、最適な答えを思い浮かべる。

結果、振り絞るように口から出たのは……。

「……わかりません」

この一言に尽《つ》きる。

お姉さんらしく振る舞おうとして失敗し、私はしょんぼりする。

「ごめんなさい。上手《うま》く答えられなくて」

「い、いいえ！　ボ、ボクが変な質問したのが悪いんです！　ごめんなさい、ごめんなさい！」

「シオン君が謝らなくても」

「違うんです。ボクいつも空気読めなくて……だから友達もいないし、誰《だれ》かと話すのも苦手で……」

徐々《じょじょ》に声量が小さくなる。シオン君は自信のなさが態度に出ている。でも、逆に言えば苦手なのに、勇気を振り絞って話をしてくれたということだ。

やっぱり私が悪いかな。

シオン君の勇気にちゃんと応えられなかった自分が不甲斐《ふがい》ない。

「ねぇシオン君、心ってどんな風に見えるの？」

だから今度は、私から質問することにした。

わからないなら理解する努力をしよう。ルーン魔術《まじゅつ》を学んだ時と同じだ。

知らないからわからない、知識がないから考えられない。彼の言葉も、問いかけも、知れば答えられる。

「心が見えるって、どんな感じなのかな」

「えっと、形はみんな違います。大きさも。見える場所は大体同じで、ここです」

シオン君は語りながら自分の左胸を指さす。彼を真似《まね》て自分の同じ場所を触《さわ》る。ドクンドクンと鼓動《こどう》が聞こえる。

「心臓？」

「は、はい。その辺りに浮かんで見えるんです。メイアナさんのも、そこにあります」

「私の心……綺麗って言ってくれたよね」

「はい！　凄く綺麗です！　見ていると吸《す》い込《こ》まれそうになるくらい！」

シオン君は目を輝かせて語る。緊張《きんちょう》はしつつも前のめりに、少しだけ興奮しているように見えた。

そんなに私の心は綺麗なのか。と、改めて頭で考えると無性に恥《は》ずかしくなる。それと同じくらい、興味が湧《わ》く。

「ど、どんな形？」

「花、です」

「花？」

「なんの花かは、わからないですけど……」

シオン君はもじもじし始める。チラッと目を合わせ、すぐ逸らしを繰《く》り返す。

何か言いたげな雰囲気を感じた私は、優しく彼に言う。

「いいよ。なんでも言って」

「――は、はい！　実はその……以前に一度だけ、宮廷《きゅうてい》でメイアナさんをお見掛《みか》けしたことがあったんです」

「そうだったの？」

「はい。とても忙しそうにしていて、見たのもほんの一瞬《いっしゅん》でしたけど」

見習いとして働いていた頃《ころ》だろう。報告のために研究室を出て宮廷を歩き回っていたこともある。

騎士団《きしだん》隊舎と宮廷は隣合《となりあ》わせにあるし、接点は少ないけど見かけることはある。

どこかですれ違っていても不思議じゃない。

「その時にも心が見えて……けど、つぼみだったんです」

「つぼみ？」

「はい。それでも十分綺麗でした。けど、花が咲《さ》いたらもっと綺麗だろうなって思って、だから印象に残っていて……」

「今は、花が開いてるの？」

「はい！」

シオン君はキラキラと瞳を輝かせて返事をした。

彼曰《かれいわ》く、心の形は変化するらしい。その時々の心境や置かれた状況によって、大きくはなくとも日々変化している。

私の心は花の形をしていて、初めて彼が見つけた時はつぼみの状態だった。それが今は、綺麗に咲いているらしい。

「だ、だから思わず、声に出ちゃいました」

「そうだったんだ。もしかして、さっき理由を聞いたのはそのせい？」

「はい。つぼみが開いていたのが、どうしてなのかなって。ボクには心は見えても、変化の理由まではわからないので」

「変化の理由……か」

私は目を瞑《つぶ》り、自分の左胸に手を当てる。

自分の心をイメージする。ここに、花が咲いている。宮廷で働いていた頃はつぼみが閉じていたらしい。

それが今、咲いている。私は目を開ける。

「きっと、解放されたからだと思う」

「解、放？」

私はこくりと頷《うなず》く。

「ずっと落ちこぼれだって言われて、自分はダメな人間なんだって思ってた。けど、そうじゃないんだって教えてくれた人がいた」

その人は私を選んでくれた。

優秀な姉ではなく、私が必要だと言ってくれた。

「成果を出したらちゃんと認めてくれる。よくやったって、褒《ほ》めてくれる。その一言がずっと欲《ほ》しかった。だから、私の心が綺麗になってくれたのは、殿下《でんか》が私を認めてくれたからだと思う」

つぼみだった花に水をくれた。

花開く機会をくれた。心の花が咲いてくれたのは、殿下の言葉に励《はげ》まされたからだ。

「殿下のおかげで自分に自信が持てるようになった。だから私は、殿下の役に立ちたいんだ」

「――やっぱり、綺麗です」

シオン君は言う。

ぎゅっと、自分の胸の前で手を握《にぎ》りながら。

「そうやって素直《すなお》に言えるのは、メイアナさんの強さだと思います。強くて、綺麗です」

「ありがとう。シオン君」

そう言える君の心も、きっと綺麗なのだろう。勇者に選ばれる人の心が綺麗じゃないはずないから。

「……ボクも、そんな風になりたい、です」

「なれるよ、きっと」

「本当、ですか？」

「うん。だって私がなれたんだから、誰だってなれるんだと思うよ」

大事なのはきっかけだ。それさえ掴めば、人は変われる。

私はそれを知っている。


わずかな時間で、私たちは少し打ち解けることができた。

似た者同士だったこともあるだろう。私も彼も、自分に自信が持てずに俯《うつむ》いて生きてきた。殿下のおかげで私は前を向くようになり、彼も今、変わろうと歩き始めた。

似ているからこそ、お互《たが》いの気持ちが何となくわかる。

勇者の気持ちがわかるなんて言ったら、烏滸《おこ》がましいと思われるだろうか？

少なくとも、目の前にいる気弱な勇者は思わない。

「騎士団に入る前は何をしていたの？」

「田舎《いなか》の小さな村で、おばあちゃんと暮らしていました」

「そこからいきなり騎士団に？　凄《すご》いね」

「運がよかったんです。村を魔物が襲って、それを偶々《たまたま》通りかかった騎士団が助けてくれて、そこに殿下もいてボクを見つけてくれました」

「そうだったんだ」

まさに運命の出会い、というものだろう。小さな村で暮らす少年が勇者として王都にやってきたのだ。

「じゃあ、聖剣《せいけん》は騎士団に入ってから？」

「いえ、生まれつき、だと思います。聖剣はボクの身体《からだ》に同化しているんです」

「魔術みたいなんだね」

「そ、そうですね。ボクも自分でよくわかっていなくて……自覚してからも、まだ使いこなせなくて」

そんな自分が情けないと、シオン君の表情は言いたげだ。

私は騎士団の方々とシオン君の戦いを思い返す。

一瞬で決まった勝敗。あれだけ強くて、まだ使いこなせていないの？

私が想像する以上に、勇者の力は強大なんだ。

「その時に殿下に誘《さそ》われて、王都に来たんだね」

「はい。最初は行きたくなかったんですけど……おばあちゃんがボクに、必要としてくれる人がいるなら応えなさいって、言うんです。だから仕方がなく」

「嫌々《いやいや》だったんだ……」

「さ、最初はです！　つい最近までは……けど、今は少し、よかったと思えます」

そう言いながら、シオン君は私の左胸を見ている。

彼の目には綺麗な花が見えているはずだ。

「王都も騎士団も怖《こわ》かったけど、優しい人たちが多くて安心できました」

「殿下の国だからね」

殿下自身がとてもお優しい人だ。

彼の父親である陛下も、見た目はちょっぴり怖いけど、優しさを宿している。もちろん、誰もが優しいわけじゃない。

厳しくて、意地悪で、仲良くなれない人もいるけど。私は一人でも、自分を認めてくれる人がいたら、それでいいと思っている。

「お互い、殿下に見つけてもらえてよかったね」

「はい」

「ねぇシオン君、殿下の心はどんな形をしてるの？」

私は自然な流れで彼に尋ねる。密《ひそ》かに気になっていたことだった。私の心が綺麗な花なら、殿下はどうなのだろう。

私より優しくて、誰より輝《かがや》いている人の心が、どんな風に見えているのか気になった。

「殿下の心……ですか」

「うん」

シオン君は少しだけ暗い表情を見せる。

一瞬、躊躇《ためら》ったようにも見えた。聞いちゃいけないことだったと思った私は、慌《あわ》てて否定しようとする。

「言えないなら無理には――」

「雨です」

けれど、シオン君は答えた。

「雨?」

「はい。殿下の心は、雨です」

「それは、雨が降っているってこと?」

シオン君は小さく頷く。心に雲がかかるとか、雨が降るという比喩《ひゆ》表現は聞くことがある。どちらも悲しい感情を表すもので、前向きではない。

殿下の心は、泣いている?

不安になった私は、シオン君に続けて尋ねる。

「どんな感じ?」

「優しい雨です。冷たくもなくて、ほんのり温かいような」

優しくて、温かい。それを聞いてホッとする。雨は雨でも、悲しい雨ではなかったとわかって。

「ただ、その雨の奥《おく》に……冷たくて暗い何かが、あるんです」

「え？」

けれど不穏《ふおん》な言葉が聞こえる。

「それは何？」

「わかりません。ボクには見えるだけで、何かは……ただ、殿下は何か、心の中に悲しみを抱《かか》えている……気がします。だから雨も……」

シオン君の声量は徐々に小さくなる。

確証はなく、心の形はシオン君にしか見えない。だから実際、殿下の心がどんな風に見えているのか、私には伝わらない。

シオン君にしかわからない感覚はある。だからこそ、彼が口にした推測は限りなく核心《かくしん》に近い、気がする。

人は誰しも、他人に言えない悩みを抱えている。

殿下が抱える悩み……。

知りたいと思った。単なる興味ではなく、その悩みを解決できないかと。

出過ぎた真似なのはわかっている。それでも、殿下が私を認めてくれたように、私も殿下の力になれたら……。

ガチャリ、と扉《とびら》が開く。

タイミングを計ったように彼が戻《もど》ってきた。

「殿下」

「遅《おそ》くなったな。メイアナ、シオン」

彼はいつものように優しい笑顔を見せる。

私には心が見えない。ただじっと、彼の左胸を見つめる。

「……雨」

ぼそっと声に漏《も》れた。

その時、殿下の表情がわずかに曇《くも》ったように見えた。

「降ってきたか?」

「いえ、そういうわけではなくて……」

聞いてもいいのだろうか。というより、私が聞いて答えてくれるのだろうか。

数秒悩み、今の私が聞ける一言を絞り出す。

「殿下は、雨は好きですか?」

「――!」

唐突《とうとつ》な質問に彼は驚く。シオン君もビックリしていた。遠回しでも、この質問が精いっぱいだ。

「……なんで急にそんなこと……まぁ、雨か」

殿下は窓の外を見る。

「――嫌《きら》いだよ」

そう言って笑った。

いつもの笑顔ではなくて、無理矢理《むりやり》作った笑顔だった。

そんな笑顔を見せられてしまったら、気にせずにはいられない。殿下の中で降り続いている雨、その理由が知りたいと思った。

知ってどうにかできるものなのか。今はまだわからないことだらけだ。でもいつか、殿下の雨を止めることができるだろうか。

◇◇◇

朝方、王城の廊下《ろうか》を歩いている。反対側から見知った顔が近づいてきた。

「おはようございます！　メイアナさん」

「あ、おはよう、シオン君」

偶然《ぐうぜん》にもシオン君と顔を合わせる。田舎から引き抜《ぬ》かれた彼《かれ》も、私のように王城で部屋を貰《もら》い生活している。

男女で部屋の距離《きょり》が離れているから、最近まで知らなった。

「どうしたんですか？　こんなところで」

「え、ああ、なんとなく歩いてただけだよ」

「そうなんですか？」

ぼーっと歩いていただけだ。

あれから二日、特にやることもなく時間は過ぎる。殿下は今頃《いまごろ》、四人目を探しているだろうか。彼の心に雨が降っていると知ってから、彼が抱える悩みについて考える時間が増えた。

やることがないせいで、ずっとそればかり考えている。

「シオン君はどこか行くところ？」

「ボクはこれから騎士団の訓練があるので」

「そっか。頑張《がんば》ってね」

「はい！　メイアナさんは、どうされるんですか？」

「私は……」

そうだ。さすがに二日もサボっているわけにはいかない。

私も何かすることを見つけよう。

「研究室にいるよ。ルーンの研究をする。遺跡探索《いせきたんさく》に役立つものを」

「そうですか。が、頑張ってください」

「ありがとう。シオン君もね」

「はい」

私は彼を見送って、来た道を戻る。偶然だけど、シオン君と話せたのはよかった。

彼のおかげで、私もやることを探さなきゃって気持ちになった。

殿下の悩みは気になるけど、今の私には何もできない。きっと殿下も、私が踏《ふ》み込んだところで迷惑《めいわく》なだけだ。

「私は私の仕事を」

と、自分に言い聞かせて研究室に戻る。

扉を開けた時、人影《ひとかげ》が見えた。背の高い男性だった。一瞬、殿下かと思ったけど……違う。

別人だ。ただ、知らない人というわけでもなくて、私は困惑《こんわく》する。

どうして私の研究室にこの人がいるのか。彼は扉の音で振り返り、私と顔を合わせる。

「久しぶりだな、メイアナ・フェレス」

「……ノーマン様」

優秀《ゆうしゅう》な姉……レティシアの婚約者《こんやくしゃ》。ホイッシェル家の若き現当主様。貴族としての格はフェレス家よりも上だから、レティシアもこの人の前では強く出られない。

私もフェレス家の一員だったから同じだけど、そういう事情を抜きにして、この人は苦手だ。

「いや、今はもうフェレス家の人間ではないのだったな」

「……どうして、ノーマン様がこちらに」

「ここは君の研究室だろう？　ならば来る理由は言わずと知れた君だ。君と話をしたくてここにいる」

「私と……？」

意外、というより不自然だった。

ノーマン様が私に、自分から話しかけたことは一度もない。

この人は私に興味が一切《いっさい》なかった。彼の興味は、自身の利益になる者に限定される。

姉のレティシアはフェレス家との繋《つな》がり、宮廷魔導士《まどうし》という肩書《かたがき》もあって婚約者として成立した。

私には何もなかったから、話しかける時間も惜《お》しかったのだろう。

徹底的《てっていてき》な無関心。だから私は、この人が少し苦手だ。ただ、無関心でいてくれるから、嫌味《いやみ》を言ったりもしない。

嫌いとは思っていない。そんな人が私に話しかけてきたということは……。

「アレクトス殿下と一緒《いっしょ》に、何やらしているらしいね」

私に対して興味を抱《いだ》いた、ということ。今の私は殿下の部下になり、遺跡を見つけて探《たん》索《さく》の準備をしている。

自分でも理解する。私の存在意義は、以前よりも確立された。ふと、ジリーク様に再婚《こん》約《やく》の話をされた日のことを思い出す。まさか、と身構える。

「──安心するといい。私は無意味に婚約を迫《せま》ったりはしない」

「──！」

心を見透《みす》かされたような一言に、一瞬で背筋が凍《こお》る。

シオン君のように心が見えるわけでもないのに、今の一瞬で見透かされた。

「活躍《かつやく》は耳にしている。少し君に興味が持てるようになった」

「……興味」

「ルーン魔術、時代遅《おく》れの産物だと思っていたが、存外特異な力だったらしい。見誤っていたのは私の落ち度だ。私は君に興味がなかった。が、その君が確立された地位にいる。実に興味深い」

ノーマン様が笑《え》みを浮かべる。私は初めて、彼が笑っている姿を見た。レティシアという時も、誰と話している時も表情一つ変えない人。そういうイメージだったから、目を丸くして驚く。

「君は、この先も殿下の下で働くつもりか？」

「え？　どういう意味でしょう」

「そのままの意味だ。聞けば陛下からの褒美《ほうび》で、フェレス家を脱《だつ》し貴族として独立したのだろう？　君は今、限りなく自由だ。地位も、信頼《しんらい》も得始めている。だがその地位にいれば、いずれ必ず自由は奪《うば》われる。第二王子付きという肩書が、君の行動を制限する」

「何を……」

「もしそれを窮屈《きゅうくつ》に感じたなら、私の所に来るといい」

ノーマン様は手を差し出す。あの時の殿下と同じように。

「君の力を最大限生かし、不自由のない未来を保証しよう」

これは、勧誘《かんゆう》だ。殿下の下から、将来的に私を引き抜こうという算段だ。

驚きの連続で、もう頭がくらくらする。私に興味もなかった人が、私に手を差し伸《の》べている。

ノーマン様も立場があるお方だ。適当な理由でこんな話をすることはない。

本気で、私に価値を見出《みいだ》してくれている。そこは純粋《じゅんすい》に嬉《うれ》しかった。

目的はどうあれ、私の力を認めてくれる人が増えたことは……。ただ一つ、気に入らない。

「ありがとうございます。ですが私は、この先も殿下のお傍《そば》で働くと決めています」

今の立場を、私が今いる場所を否定されたことだ。ここは私にとって、一番幸せな場所なのに。

それを窮屈だなんて思うはずがない。

「――ふっ、そうか。なら、居続けられるといいな。その場所に」

彼は小さく笑みをこぼし、私の隣を通り過ぎる。

「気が変わったらいつでも言うといい。それから一つ忠告だ。王族が皆《みな》、アレクトス殿下のような人格者だとは思わないほうがいい」

「え……」

振《ふ》り返った時、ノーマン様は扉の向こうにいた。意味深な言葉を残し、後味の悪い余《よ》韻《いん》を残し、私は悶々《もんもん》とした気持ちで扉を見つめる。

ノーマン様の言葉の意味を知るのは、この翌日のことだった。

◇◇◇

ノーマン様と話した翌日。正午を過ぎた頃、私とシオン君は殿下の執務室《しつむしつ》に呼び出された。

廊下で偶然合流した私とシオン君は一緒に執務室へ向かう。

「急ぎで来てほしいって、なんでしょうね」

「四人目が決まったのかもしれないね」

「ああ、だから……うぅ、仲良くできるか心配です……」

「大丈夫《だいじょうぶ》、殿下が選んだ人なら」

きっと信頼できるし、仲良くなれる。

私は少しワクワクしながら足を進めた。どんな人だろう。すっかり四人目を紹介《しょうかい》される流れだと思っていた。

執務室にたどり着き、ノックをしてから許可を得て、部屋の中へと入る。

「来たか、二人とも」

殿下と目が合った。その時点で不穏な空気を感じ取る。

いつになく険しい表情をしていたから、私はびくっと背筋を伸ばす。

私たちの他に人はいない。どうやら四人目の紹介、という嬉しい報告ではなさそうだ。

「急に呼び出して悪かったな」

「いえ、殿下、何かあったのでしょうか」

「ああ、まぁよくないこと……いや、面倒なことになった」

「面倒な？」

以前にも同じようなことを口にしていた。殿下が予期した悪い出来事でもあったのだろうか。

私は息を呑《の》んで尋ねる。

「何があったのですか？」

「すぐわかる。もう来る頃だ」

「来る？」

誰が？

その直後、ばたんと扉が開く。

殿下の部屋に許可もなく入室するなんて、なんて無礼な人なんだ。と、思うよりも先に理解した。

この人ならば、無礼も許されるだろう。一目見て誰なのか悟《さと》る。

「失礼するぞ、アレク！」

「ノックをしてから入ってください。兄上」

リージョン・デッル第一王子。アレクトス殿下の三つ年上、王位継承権《けいしょうけん》を持つ人物。殿下の実の兄が、私のほうへ視線を向ける。

「メイアナ・フェレスと勇者シオン」

私たちの名を口にして、ニヤリと笑みを浮《う》かべる。

「ちゃんと揃《そろ》っているな」

「えっと、これは……ど、どういうことですか？」

オドオドと戸惑《とまど》うシオン君。私も混乱している。

なぜいきなり、リージョン第一王子が現れたのか。そしてなぜ、アレクトス殿下が笑っていないのか。実の兄を見て、警戒《けいかい》している。

「お前たちに集まるよう指示したのは、この俺《おれ》だ」

「え？」

アレクトス殿下に視線を向ける。彼は小さく頷いた。事実らしい。

「お前たち、アレクと一緒に遺跡探索をするつもりだな？」

リージョン殿下が尋ねてくる。すでに公になっている事実だから、普通《ふつう》に答えていいのか。迷っていると、代わりにアレクトス殿下が口を出す。

「そうですよ。ここにいる二人と俺、それから探しているもう一人を加えて遺跡探索へ向かいます」

「ふっ、その役、俺が引き継《つ》いでやろう」

リージョン殿下は胸に手を当て、自信満々のどや顔を見せる。

アレクトス殿下は眉《まゆ》を顰《しか》める。

「引き継ぐ？」

「俺が人員を集め、俺が指揮して探索してやろうと言っているんだ。お前では力不足だろうからな」

リージョン殿下がアレクトス殿下を煽《あお》る。天才と呼ばれる殿下に向かって力不足と言う。

リージョン殿下も優《すぐ》れた人なのか？

私が宮廷にいた頃も、聞こえてくるのは天才王子アレクトス・デッル様の話題ばかりだった。

第一王子の噂《うわさ》は一度も聞いたことがない。私はこの人のことを知らないけど、殿下が劣《おと》っているとは思えない。それ以前に、殿下を馬鹿にされたみたいで不快だった。

「お言葉ですが兄上、すでに人員の確保は進んでおります。兄上の手を煩《わずら》わせることはありません」

「進んでいる？　本当にそうか？　最後の一人が見つからないのだろう？」

「……」

「騎士団に声をかけているそうじゃないか。あまりいい返事を貰えていないだろう？」

そう言い、ニヤリと笑みを浮かべる。

騎士団の指揮権は、王族と大臣が持っている。たった一人の指示で、騎士団を動かすことはできない。

多くの者の賛同がいる。ただし、指揮権にも優劣《ゆうれつ》はある。たとえば有力な権威《けんい》を持つ一人が、他の決定に強く反対していたら？

騎士団は決断を悩ませる。ふと、ノーマン様が言っていたことを思い出す。

王族がアレクトス殿下のような人格者だけではない……。

まさか、四人目が決まらないように、リージョン殿下が圧力をかけた？

「遺跡《いせき》は魔神《まじん》が眠《ねむ》っているんだろう？　一刻を争う事態だ。そんなにのんびりしていていいのかなぁ？」

「……」

意地悪な笑み。

この顔は間違《まちが》いなく、何か裏でしている。

「だんまりか？　俺ならもう揃えているぞ！　さぁ入ってきてくれ。紹介しよう――」

部屋の扉が開く。扉の先に見えた姿に、私は目を疑った。

現れたのは三人。うち二人は、私がよく知る人物たち。

「お姉様……ノーマン様」

私が捨てたフェレス家の姉、レティシア・フェレス宮廷魔導士。その隣《となり》には、宮廷魔術《まじゅつ》師《し》の資格をもつ若き当主、ノーマン・ホイッシェル様がいる。

さらにもう一人も見たことがある。

王国騎士団の団長を務めている人物、ランスロット・デュラン。

「き、騎士団長！」

「すまないな、シオン。私は今、この立場だ」

どうしてノーマン様とお姉様がリージョン殿下と？

突然《とつぜん》のことで頭がパニックになる。そんな私の後ろから、アレクトス殿下が冷静に指摘《してき》する。

「一人足らないようですが？」

「ああ、最後の一人は決まっている。というより、遺跡を探索するなら必要不可欠な人員だ」

リージョン殿下が指をさす。その指先は、私に向いていた。

「メイアナ・フェレス。俺に協力しろ」

「――――！」

「それはできません！　兄上」

私の驚《おどろ》きをかき消すように、アレクトス殿下が口を挟《はさ》む。

リージョン殿下はムスッとする。

「彼女《かのじょ》は俺の直属の部下です。いくら兄上でも、彼女に命令はできない」

「もちろん知っている。これは命令ではなく一時的な勧誘だ。こちらに手を貸せ」

「あ、わ、私は……」

「こちらのほうがお前をよく知る者が多い。きっと上手《うま》くやれるぞ」

リージョン殿下は得意げに言う。

何を……言っているの？

そのメンバーで、上手くやれる？

一番ありえない。私は戸惑いを通り越《こ》して呆《あき》れてしまった。

「俺が許可しません」

そんな私を守るように、殿下が前に出る。

「アレク、わかっていないな。こちらは準備を終えているんだぞ」

「なら、こっちも早急《さっきゅう》に見つけます。最後の一人、そうすれば問題ありませんよね？」

「見つかるのか？　こっちも暇《ひま》じゃない。せめて一週間以内に見つけてくれないと――」

「わかりました。一週間で見つけます」

アレクトス殿下が強く言い切る。

少し強引《ごういん》だ。こんなにも表情に余裕《よゆう》がない殿下を初めて見る。

「いいだろう。ただし、見つけられなければメイアナを借りるぞ」

「それで構いません」

「――ふ、じゃあ楽しみにしてるよ。頑張ってくれ」

リージョン殿下は手を振り、三人をつれて部屋を出て行く。

ノーマン様は軽く私に目配せをする。お姉様は、視線を逸《そ》らした。一瞬《いっしゅん》にいろいろと起き過ぎて、未《いま》だ混乱している。

「悪いな二人とも」

「殿下」

「俺を信じてほしい。必ず見つける」

殿下の瞳《ひとみ》から決意がみなぎる。

私はふと、一つだけ聞いたことあるリージョン殿下の噂を思い出す。

条件付きで、もっとも次期王に相応《ふさわ》しいお方、だった。

そう、アレクトス殿下がいなければ。

第六章 ✦ 交わる運命

「どど、どうしましょう。一週間で四人目を見つけないとメイアナさんが……」

「……うん」

シオン君は不安を纏《まと》った表情でオドオドする。

私も不安だった。

リージョン殿下の介入《かいにゅう》はまったく予想していないことで、このまま順調に遺跡探索を始めると思《おも》い込《こ》んでいたから。

きっと予想できたのはアレクトス殿下だけだっただろう。

「でも、大丈夫だよきっと。殿下が必ず見つけるって言ってくれたんだから」

「メイアナさん……」

不安そうなシオン君と一緒に、殿下の後ろ姿を見つめる。

彼は執務室の窓から外を眺《なが》めていた。振り返らず、背を向けたまま言う。

「――ああ、必ず見つける。なんとしても期限以内に」

「私もお手伝いします」

「ボ、ボクも！　やれることがあるか、わからないですけど……」

「……ふっ」

殿下は背を向けたまま小さく笑った。そしてゆっくりと振り返り、優《やさ》しい笑顔《えがお》で私たちに言う。

「ありがとう。心強いよ」

その表情は少しだけ、泣いているようにも見えた。しかしそう感じたのは一瞬で、彼は気を取り直すように大きく深呼吸をする。

「よし。まずは現状の確認《かくにん》をするぞ」

「はい」

「は、はい」

私たちはテーブルを挟んでソファーに腰《こし》かける。

一呼吸置いて、殿下が話し始める。

「ここ数日、騎士団《きしだん》に声をかけてきた。一般《いっぱん》隊員じゃ今回の探索にはついてこられないから、役職以上に限定して。が、残念ながらいい回答は得られなかった」

「で、殿下の頼《たの》みでも、聞いてもらえないことがあるんですか？」

シオン君がオドオドしながら尋《たず》ねる。殿下《でんか》は小さくため息をこぼす。

「騎士団は王国のものだ。俺自身のものじゃない。命令権を持つ者は複数いる」

「あの、これを聞くべきか迷ったのですが……リージョン殿下が、圧力をかけたのでしょうか」

私も尋ねる。殿下の前で、実の兄を悪く言うのは忍《しの》びない。だけど確認したい気持ちが勝った。

「……兄上だけじゃないな」

「え？」

「大臣たちの中にも派閥《はばつ》があるんだ。俺や父上に賛同してくれる者もいれば、兄上に従う者もいる。おそらく支持者も協力している。そうでなければ、兄上の意向だけで騎士団が俺の頼みを渋《しぶ》るとは思えない」

「で、でもなんで、騎士団長はあの人の味方をしているんでしょうか」

私と殿下の会話に割《わ》り込むように、シオン君が疑問を口にする。

そこは私も気になっていた。騎士団長のことを詳《くわ》しく知っているわけではないけれど、あくまで騎士団のトップが一人の王子に肩入《かたい》れするというのはどうなのかと。

「それに関しては、個人的立場もあるんだろう。あの人は、兄上の教育係だったんだ」

教育係は王族が子供の頃《ころ》、日々の生活の中で様々なことを学び経験するために、専属で指導する者のことを言う。

一般的《いっぱんてき》な言い方をするなら、家庭教師みたいなものだ。

「兄上が小さい頃からの付き合いがある。だからあの人は基本的に、対立した場合は兄上の味方をする。もちろん、行き過ぎたことは止める。今回は強引だけど、兄上の意見も一理ある」

「だからって勝手に……国王陛下はどうお考えなのでしょう」

「父上は……正しい結果を残したほうを支持する。どちらかに肩入れはしない。今回も同じだ」

陛下はあくまで公平に判断する。多少の強引さや卑怯《ひきょう》さも、結果が伴《ともな》えば許容される。大事なのは結果であり、過程ではない。その考え方は貴族も同じだ。

私が生まれ育ち、捨てたフェレス家でも。つまり、国王陛下の助力は得られそうにない。

騎士団の方々を勧誘するのは難しそうだ。

「宮廷の職員に声をかけるのはどうでしょう」

「それはありだ。宮廷まで兄上の声は届いていない。ただ、前にも言ったが最後の一人は身体能力が高く、シオンの隣で戦える人間が相応しい。宮廷で戦闘《せんとう》能力を持っているのは魔術師か魔導士だ。その戦力は、俺と君で足りている」

「ですが……」

「ああ、わかってる。そんなことを言っている場合じゃない。だけどな？　俺たちの目的は兄上と張り合うことじゃない。遺跡を探索し、魔神の復活を未然に防ぐことだ。ここで妥協《だきょう》して、本来の目的に支障が出たら意味がない。選ぶなら、最高の四人目がいい」

殿下の意志は固いようだった。

言いたいことはわかるし、私もテキトーな人を加えるべきじゃないと思う。ただ厳しい現状も事実だ。

勇者であるシオン君の隣に立てる猛者《もさ》が、そうそういるとは思えない。

「探すしかないな。最悪王都の外の人間でも……あ、しまった忘れていた」

「殿下？」

殿下は頭に手を当てて顔をしかめる。

「明日から騎士団に同行して、盗賊《とうぞく》のアジトに乗り込むことになっていたんだ」

「と、盗賊ですか？」

そんな危険そうな任務に同行する予定だったの？　私は素直《すなお》に驚いた。殿下は頭を悩《なや》ませている。

「かなり大規模な任務だ。出発して戻ってくる頃には最短でも五日後だ。その間探せないのはきつい」

「そ、それならボクたちも協力すれば、は、早く終わりませんか？」

「シオン」

「あ、すみません。やっぱり無理ですね」

「ううん、それだよシオン君」

私はいい提案だと思って、彼を支持する。

「殿下！　その任務に私たちも協力させてください。少しでも早く終わらせて、四人目探しに時間を使えるように」

「メイアナ……助かる。ありがとう」

「私は殿下の部下ですから」

殿下一人に大変な思いはさせない。

私でも、殿下に時間を作ることくらいできるはずだ。

◇◇◇

王都から二つ離《はな》れた街の外れに渓谷《けいこく》がある。

元は小さな村がいくつか連なり、人々が暮らしていた場所でもあった。しかし魔物《まもの》の数が増え、人間が安全に暮らせる場所ではなくなると、人々は安全な地へと移住した。

結果、古い建物や畑などだけが残った廃村《はいそん》となった。

魔物が今も多数生息しているため、一般人《いっぱんじん》は決して近づかない。だからこそ、盗賊たちにとっては恰好《かっこう》のねぐらとなった。

これまでの戦闘で捕《と》らえた盗賊のメンバーから情報を聞き出し、アジトの場所を割り出すことに成功した騎士団は、大規模な盗賊退治を決行する。

一から十まである部隊のうち、六番隊までが参加する大規模作戦。指揮するのは騎士団長ランスロットと、アレクトス殿下。私は殿下と共に騎士団の四、五、六番隊を連れて現場へと向かっている。

「相手は盗賊なんですよね？　盗賊にこれだけの部隊を動かすことって普通なんでしょうか」

「いや、今回は特別だ。盗賊の中でも大きい組織で、長年王国を荒《あ》らしている連中だからな。ここで一気に片を付けたいんだよ」

目的の渓谷まで距離がある。

ギリギリ察知されない位置までは、馬と馬車を利用する。

私は殿下の隣を並走《へいそう》している。貴族なら騎馬《きば》の方法も幼いころに学んでいるから、私でも馬には乗れる。

「シオンも馬くらい乗れるようになっておかないとな」

「す、すみません」

シオン君は馬に乗れない。今も私の後ろに乗って、ぐっと体にしがみついている。

彼は子供で身長も低いから、足が届かないんだ。

「もう少し大きくなったら私が教えてあげるよ」

「ほ、本当ですか！」

「うん」

「ははっ、それがいいな」

これから盗賊退治に向かうというのに、我ながら落ち着いている。

殿下やシオン君、後ろには大勢の騎士《きし》たちが一緒にいるから、安心できているのだろう。

もっとも、後ろを進む騎士たちの雰囲気《ふんいき》は重い。危険な任務だから、という感じではない。チラチラと殿下の後ろ姿を見ては目を逸らしている。

「はぁ……まったく」

殿下は呆れてため息をついた。なんとなく、殿下の考えていることがわかる。

そのまま駆《か》け足で現場に向かった。

作戦地点の手前で止まり、盗賊たちに気づかれないように突撃《とつげき》準備を進めていく。

淡々《たんたん》と準備は進む。しかしここでも重たい雰囲気が漂《ただよ》う。緊張感《きんちょう》とは違《ちが》う空気だ。

「ふぅ、よく聞けお前たち」

そんな空気にしびれを切らした殿下が、騎士たちに向かって宣言する。

場所だけに大きな声は出せない。

「今回のことは気にするな。むしろお前たちを巻き込んだのは俺たちの事情だ。お前たちはただ、騎士としてやれることに集中しろ」

その言葉は優しく、殿下の表情は穏《おだ》やかだった。

小さな声に耳を澄《す》ませ、騎士たちは聞き入り、小さく頷《うなず》く。

「わかったら申し訳なさそうな顔をするな。お前たちは悪くない」

トンと、近くにいた若い騎士の肩《かた》を叩《たた》く。

深刻そうな表情をしていた騎士も、殿下の言葉を聞いて表情が和《やわ》らぐ。

彼らは等しく、殿下のことを信頼している。だからこそ、殿下に力を貸せないことに後ろめたさを感じている。

殿下もそれをわかっているから声をかけた。

戦いの前に、余計な憂《うれ》いはあってはならないと。

「よし、準備が終わり次第突撃《しだいとつげき》する。俺たちが担当するのはアジトの南側だ。この渓谷の出入り口は大きく二か所しかない。そこを塞《ふさ》ぐぞ」

殿下が騎士たちに指示を出している。

私とシオン君は邪魔《じゃま》にならないように、殿下の後ろで待機する。今回の作戦に私たちは頭数として入っていない。だから私たちの役目は、殿下の補助だ。

殿下の役目は魔術《まじゅつ》による攻撃支援《こうげきしえん》。その殿下に危険が及《およ》ばないように、私たちが守る。

私も微力《びりょく》ながらお手伝いできるように、予《あらかじ》めルーンストーンを作ってきた。

シオン君も……。

「うう……これから戦うのかぁ」

頼《たよ》りなさげだけど、聖剣《せいけん》を抜けばたちまち勇者の姿になる。これほど頼れる味方はいない。だから不安はなかった。

少しでも早く終わらせて、四人目を探す。

「進むぞ」

殿下が指示し、騎士たちと共にアジトへと向かう。

薄暗《うすぐら》い渓谷を歩く騎士団。目立つ光景だけど、出入り口を塞ぐように進行しているから、盗賊たちは気づいても逃《に》げられない。

考えられるとすれば籠城戦《ろうじょうせん》だ。そうなった場合、守る側に地の利がある。

長期戦になる前に、混乱の中で盗賊たちを捕らえる。

「これより盗賊のアジトに突撃する！　見つけ次第捕獲《ほかく》しろ！　抵抗《ていこう》するようなら容赦《ようしゃ》はするな！　立てこもられる前に終わらせるぞ！」

おおー、と騎士団の声があがる。その声を合図に、騎士たちが突撃する。

先頭を駆ける殿下に続いて、私とシオン君も走る。

相手は王国内でも最強の戦力を持つ盗賊団。

激しい戦闘は避《さ》けられない。ここに来て今さらの緊張が走る。と、同時に寒気を感じた。

冷たい風が吹《ふ》き抜《ぬ》ける。

「なっ……どういうことだ？」

「え、ええ？　盗賊が……」

勢いよく突撃した私たちは、慌《あわ》てて立ち止まる。

盗賊たちのアジト、すでに敵地。しかし誰《だれ》も襲《おそ》ってこない。騒《さわ》ぎも起こらない。それもそのはず……すでに盗賊たちは、壊滅《かいめつ》状態にあった。

道端《みちばた》に盗賊が転がっている。

血を流し、うめき声をあげ、中にはピクリとも……。

「あーあ！　つまんねーなぁ〜　この程度かよ悪党ども！」

「誰かいる？」

盗賊が山積みにされたてっぺんに、一人の男が立つ。

大剣《たいけん》を肩に担《かつ》ぎ、私たちを見下ろす姿は……。

「ん？　なんだお前ら？」

まるで鬼《おに》のようだった。

燃えるような紅蓮《ぐれん》の髪《かみ》。同じくらい濃《こ》く赤い瞳がぎらついている。

身《み》の丈《たけ》ほどある大剣は血に染まっている。見たところ当人に怪我《けが》はない。

鍛《きた》え抜かれた筋肉が露出《ろしゅつ》し、切り傷の一つも見えない。つまり、大剣に付いた血は盗賊たちの……。

「——お前がこれをやったのか？」

静寂《せいじゃく》を破り、殿下が謎《なぞ》の男に問いかける。背後の騎士たちにも緊張が伝わる。

「そうだっつったらなんだよ。こいつら悪党だろ？」

「お前は違うのか？」

「おい、こんな弱っちい盗賊とオレが一緒に見えるのか？」

「どうだろうな」

男の表情に苛立《いらだ》ちが見える。殿下はあえて煽っているようにも見えた。

会話で男の素性《すじょう》や立場を探《さぐ》っている。

周囲に盗賊たちの姿はなく、不意打ちをされる様子もない。ただ男の背後、少し先から戦闘音が聞こえる。

男もそれに気づいたらしく、背後に視線を向ける。

「なんだよ。あっちで戦ってるのか」

彼《かれ》はニヤリと笑みを浮かべ、戦いの音が聞こえるほうへ身体《からだ》を向ける。

聞こえているのは騎士団の別部隊と盗賊の残党が戦っている音だ。そっちへ向かおうとする男を、殿下の声が止める。

「待て」

「あん？」

「残りの盗賊は俺たちの別部隊が対処する」

「知るかよ、俺の獲物《えもの》だ」

「わからないのか？　今行けば余計な混乱を生む。邪魔だから大人しくしていろと言って

いるんだ」

歩き出そうとした男を、殿下の力強い一言が止める。

男は苛立ち、殿下を睨《にら》む。

「てめぇ、オレに指図するたーいい度胸じゃねーか」

「初めて言われたな、そんなセリフ」

当たり前だろう。王子に向かってあんなことを言うなんて……普通ならこの場で処罰《しょばつ》される発言だ。

見たところ、彼は殿下が王族であることや、私たちが騎士団だと気づいていないらしい。よほど王都から離れた場所から来たのか、それとも単に考える気がないのか……なんとなく後者な気がするのはなぜだろう。

「オレの邪魔するって言うなら容赦しねーぞ」

「俺たちに戦う気はない。終わるまで待っていてほしいだけだ」

「嫌《いや》だね。俺は戦いたいんだよ。お前、結構強そうだよな。こいつらよりマシそうだ」

男はついに殿下へ敵意を向けだす。敵意を通り越して、これは殺気だろうか。

今まで感じたことのない寒気。直接目を合わせていないのに、空気が凍《こお》りそうな感覚だ。

まるで、猛獣《もうじゅう》に睨まれた小動物のような……。

みんなの意識が二人に向く。そんな中、私は彼の足元に目が行く。

わずかに動いた。死体……だと思っていた山の中に、生きている人がいる。

男の手にはナイフが握《にぎ》られていた。


危ない！


声が出るよりも先に、私の手はルーンストーンを握る。

刻印されている文字は【ᛁ】。宿す意味は、雹《ひょう》。この距離《きょり》で、私の肩じゃルーンストーンは届かない。だから私はストーンを真上に投げた。

「【ᛁ】《イーサ》！」

効果が発動すると同時に、ストーンの周囲に雹が生成される。

降り注ぐ雹は大剣の男を避《よ》け、足元でナイフを振りかざそうとした男の側頭部に直撃《ちょくげき》する。

「あ、ぐ……」

男はナイフを手放し、意識を失って再び倒《たお》れ込む。

ギリギリだけどなんとか間に合った。ホッとする私に、大剣の男が視線を向ける。

「なんだお前、今の攻撃《こうげき》は……」

それは敵意でも、悪意でもない、純粋《じゅんすい》な興味。しかし興味の視線が、これほど狂気《きょうき》に満ちていると誰が思える。

寒気がした。

「いいなお前！　見たことない技だ！　もっと見せろ！」

興味という名の殺意が私に向けられる。

端《はた》から見ていた感覚とまるで違う。猛獣なんて生易しい生き物じゃなかった。

目の前にいるのは、怪物《かいぶつ》だ。恐怖《きょうふ》で足がすくみ、身体が動かない。

「早く見せろよ！　それとも、こっちから攻《せ》めてやったほうがいいかぁ！」

「メイアナ！」

瞬間《しゅんかん》、眼前から男は消える。あまりの速さは目で追えず、気が付く間もなく男は迫《せま》る。

大剣を振り上げる。脅《おど》しではなく、本気で振り下ろすつもりだ。

殿下も間に合わない。私自身は恐怖で固まっている。生まれて初めて、自身の死を感じた。

「――――！」

振り下ろされる大剣が、ギリギリで止まる。

男が止めたわけではない。すんでのところで止めてくれたんだ。

「――させない」

普段《ふだん》はオドオドしていて頼りないけど、いざという時は頼りになる。

とても臆病《おくびょう》な勇者は、聖剣を抜いていた。

「メイアナさんには指一本触《ふ》れさせない」

「おいおい、あんまりオレをワクワクさせるなよ」

狂気に満ちた笑《え》みを見せる男と、その攻撃を涼《すず》しい顔で受け止めるシオン君。私は目の前で繰《く》り広げられる光景に、ただただ驚くことしかできなかった。

「お前……何者だ？」

「……」

目の前で繰り広げられる鍔迫《つばぜ》り合い。

素人《しろうと》の私でもわかる緊張感に、騎士たちも様子を窺《うかが》うことしかできない。

「答えろよクソガキ。てめぇ、ただの人間じゃねーだろ？」

「お前に話すことは何もない」

「はっ！　いいなその眼！　ギラギラしててオレ好みだ！」

「いい加減――メイアナさんから離れろ！」

シオン君が大剣を弾《はじ》く。

大きくよろめいた男の懐《ふところ》に入り、聖剣の柄《つか》で打撃《だげき》を加えようとする。しかし、シオン君の攻撃は躱《かわ》された。

そのまま男は大きく後ろに飛び、距離をとる。

「なんだ今のふぬけた攻撃は！　もっと殺す気で来いよ。じゃねーと楽しめねーぞぉ！」

「……」

男は大剣の切っ先をシオン君に向ける。完全にシオン君に意識が向き、私への興味はなくなったように見えた。

シオン君も聖剣を構えて向き合う。こうして見ると、頼れる勇者様という感じがする。

普段とは変わり、口調も強くなるのが特徴《とくちょう》だ。

「どうしたよ。かかってこねーのか？」

「……ボクはここに、盗賊と戦いに来たんだ。お前じゃない」

「あん？　この状況《じょうきょう》で腑《ふ》抜けたこと言ってんじゃねーよ。てめぇは剣《けん》を抜いた。オレの攻撃を受け止めやがった。その時点でなぁ……殺し合いは始まってるんだよぉ！」

男は地面を蹴《け》り、私の視界から姿を消す。

気づけば男はシオン君の眼前へ。豪快《ごうかい》に大剣を振《ふ》り回し攻撃をしかける。

シオン君はこれに反応し聖剣で受け止めようとする。が、受け止めたはずのシオン君が大きく吹き飛ばされてしまう。

「くっ……」

「シオン君が……」

押《お》し負けた？

曲がりなりにも勇者で、聖剣を抜いたシオン君を力だけで吹き飛ばすなんて。普通の人間に、そんなことができるとは思えない。

シオン君は吹き飛んだ先でバク転し、華麗《かれい》に着地する。

そこへすかさず男は迫る。片手で軽々と大剣を持ち上げ、振り下ろす。

シオン君は聖剣で受ける。先の経験を生かし、接触《せっしょく》した瞬間に刃《やいば》の方向を変えていなした。

「はっ！　器用じゃねーか！」

今度はシオン君が聖剣で斬《き》りかかる。胴《どう》を狙《ねら》うと見せかけて、足を取りに行く。完全に虚《きょ》を衝《つ》いた。はずだった。

「っと、あぶねぇな」

「――！」

今の攻撃は素人目《しろうとめ》にも完璧《かんぺき》に見えた。

相手の対応も後手。シオン君が速いことは私も知っている。

その攻撃を後から動いて防いだのは……。

「凄《すご》い反応速度ですね。今の攻撃、当たると思っていました」

「はっ！　あんなもん食《く》らうかよ。てめぇ、いつまで手を抜いてやがる」

「ボクは全力です」

「嘘《うそ》つくんじゃねーよ。終始余裕たっぷりな顔しやがって。どうやったら余裕をなくす？

そこの女でも殺せば、本気になるか？」

チラッと、男が私に視線を向けた。

わずか一秒にも満たない視線に、背筋が凍る。

「――お前の相手はボクだ」

「いいな。最初からその眼を――」

「アイシクルランス」

突如《とつじょ》、巨大《きょだい》な氷柱《つらら》が男を襲う。

咄嗟《とっさ》に右に飛んで回避《かいひ》した男は、攻撃をしかけた魔術師を睨む。

「てめぇ……」

「彼女に手を出すつもりなら、俺《おれ》も黙《だま》っていないぞ」

「殿下！」

男を攻撃したのはアレクトス殿下だった。

誰もが二人の戦いを見守り、介入することすらできない中、ただ一人割って入った。

「てめぇ魔術師かよ。今の凄いな。発動までまったく気づかなかったぜ！　オレが見てきた魔術師の中でもトップクラスの腕《うで》だな、お前は」

「当たり前だ。この国で俺より強い魔術師は……いない」

そう、強く断言する。

過信ではない。殿下が天才魔術師であることは、自他ともに認めている。誰も異論を挟まない。そして、男は笑みを浮《う》かべる。

「悪くないぜその眼……死をも恐《おそ》れない男の眼だ」

男は殿下に殺気を放つ。しかし殿下は身じろぎもせず、ただ無機質に前へと歩んでいく。

彼の言う通り、殿下は何も恐れていないように見えた。そのことが私には不安で、少し怖《こわ》かった。

「いいなお前ら！　楽しめそうだぜ！」

歓喜《かんき》する男と、殿下とシオン君が向き合う。一触即発《いっしょくそくはつ》の空気が漂う中、私は意外にも冷静だった。

立て続けに驚くことが起き過ぎて、逆に思考がスムーズになる。

これ……このまま戦うの？

反対側の出入り口では盗賊と騎士団が戦っているのに。

盗賊を倒したってことは、この男の人も悪人ではないんでしょう？

それにもの凄く強い。この三人が戦ったら、大怪我で済まないいんじゃ……。

私の中で止めないといけない、という結論が浮かぶ。でも三人とも、私なんかよりずっと強い。

普通《ふつう》に声をかけても止まらない。見るからに三人とも熱くなっている。頭を冷やしてくれたら、もう少し冷静に……。

冷やす……氷、水？

「――あった」

ここは古い村の跡地《あとち》。今みたいに魔導具が浸透《しんとう》していない時代に作られた村なら、井戸がある。

枯《か》れているかもしれない。でも、完全に枯れておらず、少しでも水が残っていれば十分だ。

私はルーンストーンを握りしめる。

「行くぜ！　オレを楽しませてくれ！」

再び戦いが始まりそうになる。それより先に、私はルーンストーンを井戸に投《な》げ込んだ。

私の突然《とつぜん》の行動に、全員の視線が向く。

「メイアナ？」

「――【ᛚ】《ラグズ》！」

【ᛚ】のルーンは水を生み、操《あやつ》る。

井戸の奥底《おくそこ》にわずかに残っていた水に触れ、ルーンの輝《かがや》きが増す。轟音《ごうおん》と地《じ》響《ひび》き。井戸の中から凄《すさ》まじい音と共に、大量の水が吹き上がる。

「ごめんなさい！」

先に謝《あやま》っておこう。

吹き上がった水は空で三つに分かれ、熱くなった三人の頭へと降り注ぐ。

「ブブブブブ、な、ブ、何しやがるてめぇ！」

「メイアナさん？」

「いきなり何を……」

「お、落ち着いてください！　私たちの敵は盗賊です！」

私は勇気を振り絞《しぼ》り、大声で叫《さけ》ぶように言い放つ。

殿下は目を丸くする。シオン君も、ハッと気づかされたような顔する。

「……ぷっ、はははははっ！」

突然、緊張の糸が切れたように殿下が笑い出す。

こんなにも豪快に笑う殿下は初めて見た。

「で、殿下？」

「あー悪い。その通りだな、ああ、頭が冷えたよ。シオン！　お前も剣を収めろ！」

「――はい」

二人から戦う意思が消える。頭はちゃんと冷えたらしい。

「そういうわけだ。お前は盗賊じゃない。だから戦う理由もない」

「なんだよ、拍子抜《ひょうしぬ》けさせやがって。オレは戦う気満々……だ、あ、れ……」

「ん？」

「倒れましたね」

戦う気を一人失っていなかった男が、いきなりバタンと倒れた。

殿下とシオン君がゆっくりと近づく。すると大きな音で。

ぐぅ～。

と、お腹《なか》が鳴った。

「は、腹減った……」

「殿下」

「そうだな……盗賊を倒してくれたのは事実だしな。暴れないと誓《ちか》ってくれるなら、たらふく飯を食わせてやるぞ」

「ま、マジか？　じゃあ、頼む……」

血気盛《けっきさか》んだった男はどこへやら。空腹で一歩も動けない男に呆《あき》れる殿下とシオン君。

なんだかよくわからないけど、一件落着……したのかな？

この一時間後、盗賊の掃討《そうとう》作戦は終了《しゅうりょう》した。予定よりも三日早い終幕だった。

◇◇◇

盗賊の掃討作戦から二日後。騎士団が事後処理に追われる中、私は殿下と一緒《いっしょ》に食堂にいた。

お皿が運ばれる音。咀嚼《そしゃく》の音と、食べ物が喉《のど》を通る音。食事の音がこれ見よがしに聞こえる中、私たちは豪快に食べる彼のことを見ていた。

「美味《うま》いなこれ！　無限に食えちまえそうだぜ！」

「無限にはやめてほしいな。俺たちの分がなくなるから」

殿下は呆れてため息をこぼす。一時はバチバチに敵意をぶつけ合った相手の前で、無防備に食事を頬張《ほおば》る。

この姿を見ていると気が抜ける。

戦っている時は猛獣、怪物みたいだったけど、今はなんというか……犬？

「ぷはー！　食った食った。大満足だぜ」

「それはよかった」

「おう、ありがとよ。つーか王族だったのかよ。どぉーりで目立つ格好してんなと思ったぜ」

「気づいてなかったのか。騎士団も一緒だったのに」

「あれが騎士団か、へぇ……」

「こいつ……もしかしてバカなんじゃ……」

ぼそっと殿下の口から呆れと一緒に気持ちが漏《も》れていた。

私もちょっぴり思ってしまったから否定はしない。

「お前、名前は？」

「オレはカイジンだ」

「あんなところで何をやってたんだ？」

「見てわかるだろ。盗賊がいるって言うからぶっ倒してたんだよ！」

「どうして？」

「んなもん、強くなるために決まってるじゃねーか」

当たり前だろ、みたいなどや顔を見せるカイジン。殿下は面食らい、私も理解できずに困惑《こんわく》する。

「つまりなんだ？　お前は、修行《しゅぎょう》的な理由で盗賊を倒してたのか？」

「修行じゃなくて殺し合いだ！　生ぬるい戦いじゃ成長できねーからな。つっても、どいつもこいつも雑魚《ざこ》ばっかで退屈《たいくつ》だったけどよぉ」

カイジンはため息をこぼしながらやれやれと首を振る。

彼は長く旅をしているらしい。当てもなくいろんな土地をめぐり、偶然《ぐうぜん》盗賊の噂《うわさ》を聞いてアジトにたどり着いたとか。

どこから来たのか殿下が尋ねると、彼はあっけらかんとして言う。

「北のほうだったかなぁ。適当に歩いたから方向もイマイチ覚えてねーよ」

強くなるために戦いを求め、敵を求めてさまよう。

武者修行、のようなものをしていたらしい。そこまでして強さを求める理由が気になる。

「どうして、そんなに強さを求めているんだ？」

同じことを考えたのだろう。

殿下《でんか》が尋《たず》ねた。するとカイジンはニヤリと笑みを浮かべて言う。

「男だからだよ」

彼は拳《こぶし》を握り、楽しそうな笑みを見せて続ける。

「男に生まれたなら誰だって目指すだろ！　最強ってやつをよぉ！」

自信満々に、得意げに語る。

中身のない理由を。堂々と、何の躊躇《ためら》いもなくシンプルに。

「お前やっぱり……」

「バ、バカですね」

「あん？」

「ひぃ、な、なんでもないです！」

ずっと殿下の後ろに隠《かく》れていたシオン君が、カイジンの話にツッコミを入れた。

睨むカイジンの視線に負けて、また殿下の背後に隠れる。

「おい、ホントにあの時のガキか？」

「ああ、シオンが勇者だ」

「勇者ねぇ……」

「普段はこんな感じだけど、戦いになれば強いぞ」

「そ、そんなことないですよ……」

消え入りそうな声で否定しているけど、シオン君の声はカイジンに届いていない。

「北か。出身はこの国じゃないのか？」

「いや、一応ここのはずだぜ」

「どこの……ああ、なるほどな」

殿下はカイジンの姿を見返して、何かに気づいたらしい。

少し意地悪な横顔を見せ、カイジンに尋ねる。

「お前、強くなりたいんだよな？」

「おう！　目指すは最強だ」

「なら、魔神《まじん》に興味はないか？」

「殿下⁉」

「ま、まさか……」

私とシオン君は息を呑《の》む。おそらく同じ予想が頭に過《よぎ》っただろう。殿下の次の言葉はきっと……。

「カイジン、俺たちと一緒に遺跡《いせき》に入らないか？」

「あん？　遺跡？　なんださっきから魔神とかよぉ。わけわかんねー話しやがって」

「説明してもいいが、その場合は後に引けない。だから先に選んでくれ」

「選べってなんだよ。魔神なんて聞いたことがねーな。強いのか？」

「ああ、おそらく歴史上最強の敵だ」

比喩《ひゆ》でも脅しでもない。魔神の強さは人類史が証明している。多くの犠牲《ぎせい》を経て討伐《とうばつ》することは叶《かな》わず、封印《ふういん》するしかなかった最強の敵。そう、最強。

「――いいね。面白《おもしろ》そうだ」

その言葉を聞いた途端《とたん》、カイジンの目の色が変わった。

あくまで強くなるために。彼は愚直《ぐちょく》にどこまでも、強さを求めているんだ。

「なら聞くか？」

「おう。話してくれよ」

殿下はカイジンに、遺跡についての情報を与《あた》えた。どこの人間かもわからない。信用しようがない相手を、どうして四人目に選んだのか少し不安だった。

その不安を見透《みす》かしたように、シオン君がぼそっと教えてくれる。

「だ、大丈夫《だいじょうぶ》だと思いますよ。あの人の心……ギラギラしてるけど、綺麗《きれい》ですから。悪い人じゃ……な、ないと思います」

心の形は偽れない。

シオン君の目にそう見えるのなら、きっと悪人ではないのだろう。

「はっ、いいじゃねーかよ！　乗ってやるぜ」

「言ったな？　もう覆《くつがえ》せないぞ？」

「おう！　その面子《メンツ》に加わってやるよ！　魔神てのが本当にいるかは微妙《びみょう》だが、あんたらは強い。強い奴《やつ》のところには、もっと強い奴らが集まる。ここにいりゃ、オレはもっと強くなれそうだ」

「ははっ、ブレないな。けどおかげで、揃《そろ》った」

殿下は拳を握る。意図せずして見つかった四人目。その正体もわからない。

殿下が決めた人で、シオン君も悪人じゃないと言っている。それなら私は、二人を信じよう。

第七章✦雨音が刻む音

一週間を待たずして、私たちは再び対面することになった。アレクトス殿下の応接室に、リージョン殿下と彼に集められた三人が揃う。

彼らに相対するように、私たちはアレクトス殿下の傍《かたわ》らに立つ。

天才と呼ばれ自他ともに認める王国最高の魔術師《まじゅつし》。宮廷《きゅうてい》の見習いから第二王子付きの宮廷魔術師に抜擢《ばってき》されたルーン魔術師。若く気弱だけど、剣を抜けば誰より強く頼れる勇者。そして、鬼神《きじん》のごとき力を持つなぞの旅人。

「この四人で、遺跡探索《いせきたんさく》へ向かいます」

殿下は兄であるリージョン殿下に宣言する。

指定された期日以内に四人目を揃えた。これで条件は達成し、私たちは予定通り、遺跡探索を始められる。ただし当然のように、リージョン殿下は反論する。

「お前にしてはよく頑張《がんば》ったな、アレク。だが残念ながら穴だらけだぞ」

彼はニヤリと笑みを浮かべ、四人目として集められたカイジンに視線を向ける。

目を合わせたカイジンは鋭《するど》く睨む。

「その男、素性も定かではない者を人数に加えるなんて、とても大役を任された王子のやることとは思えないな」

「なんだてめぇ」

「落ち着けカイジン」

睨みつけるカイジンを殿下が諫《いさ》める。

王子相手でも一切物怖《いっさいものお》じしない姿勢は、逆にさすがだと思ってしまった。ただ、リージョン殿下の言っていることは一理ある。

遺跡探索は王国の未来を決めるかもしれない重要な任務だ。それに、どこの誰かもわからない人を加えて、万が一にも失敗してしまったら？

責任を取らされるのはアレクトス殿下だ。国民への被害《ひがい》が出れば、たちまち信用を失ってしまう。

実績があり、信頼《しんらい》できる立場の人間だけを集めるべきという意見は、私でも同意したくなる。

「その点は問題ありません。彼も貴族ですから」

「え？」

思わず、小さな声が漏れてしまった。

カイジンが貴族だという殿下。この状況でハッタリを口にした、とは思えない。

まさか本当に？

「嘘はよくないな、アレク」

「俺が嘘をつくと思いますか？　紛《まぐ》れもない事実です。カイジンの服、袖《そで》のところに入っている紋章《もんしょう》に見覚えはありませんか？」

「……剣と盾《たて》、割れた太陽の……!!」

リージョン殿下の顔色が変わる。紋章に心当たりがあった、という顔をする。

アレクトス殿下が笑みをこぼす。

「気づきましたね？」

「その紋章……そうか。お前はレムハウンド家の、あの田舎《いなか》貴族の人間か」

レムハウンド家？

知らない名前だけど、殿下たちが知っているということは名の知られた貴族なのだろうか。

リージョン殿下の苛立つ表情が気になる。

そのレムハウンド家と王族で過去に何かあったのかもしれない。というより、本当に貴族だったのか。

そちらの驚《おどろ》きのほうが大きくて、私はカイジンのほうを向く。

「なんだよ」

「貴族、だったんですね」

「別にいいだろ。肩書《かたがき》なんざ強さを求めるのに関係ねー」

「そ、そういう問題じゃないですよ……」

シオン君も呆れていた。最初から貴族の家出身だと教えてくれたら、私たちも信用できたのに。

殿下も、気づいていたなら教えてほしかったな。しかしこれで……。

「問題はありませんよね？　彼も権威《けんい》ある立場の人間だ」

「……いいや、まだ穴はあるぞ」

リージョン殿下は引き下がらない。

「確かに立場はあるみたいだな。だがそれはこちらも同じ。いやむしろ、俺が集めた人員のほうが優秀《ゆうしゅう》だ。彼らには実績がある。長く宮廷に勤めた者、騎士団《きしだん》を率い、数々の凶悪《きょうあく》な敵を退けた。地位だけではなく、社会的な信用も備わっている。対してそちらはどうだ？まだ若く、実力も不確かだろう？」

「彼らが劣《おと》っていると言いたいんですか？」

「そう怖い顔をするな。世間、周囲の評価の話をしているんだよ」

実績……か。

確かに、騎士団長やノーマン様は功績を積み上げていて、信頼もある。でもお姉様……レティシアの実績は、半分以上は私が彼女《かのじょ》の代わりに作ったものだ。

リージョン殿下のお言葉だし、声に出して否定はできないけど、少なくとも私は認められない。

「要するに実力が不安だと言いたいんですね」

「そういうことだ。これは我《わ》が国《くに》の命運をかけた重要な任務なのだからね」

「ですが実力なら備わっています。元より兄上が提示した条件は、四人目を揃えることだったはずです。それを達成した時点でこの話は終わりでしょう」

「だから、その面々に不満があると言っているんだ。伝わらないな」

リージョン殿下は頑《かたく》なに認めようとしない。

この頑固《がんこ》さは少しだけ、アレクトス殿下に似ている気がする。もっともリージョン殿下の場合は、駄々《だだ》をこねている子供のようにも見えて、少し幼稚《ようち》だ。

「なら、どうすれば認めてくれるのですか？」

「そうだな。実力があるというなら競《きそ》い合おう。お前の四人と、俺の四人で」

「……そっちは一人足りませんが？」

「心配するな。今だけ、この俺が加わってやろう」

リージョン殿下はニヤリと笑みを浮かべる。対するアレクトス殿下は目を細める。

二人の王子は視線をぶつけ合う。

「力比べをしようじゃないか」

「……わかりました。それに勝ったら引き下がってくれるんですね？」

「約束しよう」

アレクトス殿下はリージョン殿下の言葉を聞き、私たちに視線を向けて確認《かくにん》を求める。

「悪いが付き合ってくれるか？」

「いいんじゃねーの？　力比べは好きだぜ」

「ボ、ボクも……少しは頑張ります」

「殿下が決めてください。私たちは、殿下についていきます」

「……ありがとう」

殿下は視線を戻《もど》し、宣言する。

「受けて立ちます」

遺跡探索まであと一歩。おそらくこれが最後の関門になるだろう。


「ほ、ホントに貴族だったんですか？」

「なんだよ。その質問何度目だ？　そんなに気になるかよ」

「だ、だって、全然見えないし」

リージョン殿下たちが去った執務室《しつむしつ》で、私たちは残っている。

ソファーに豪快に座《すわ》っているカイジンと、シオン君はソファーの後ろに隠れて話してい
た。私は殿下に視線を向け、尋ねる。

「殿下はご存じだったんですよね？」

「ああ、まぁな。こいつが自分から言わなかったから黙っていた」

「別に言ってくれてもよかったぜ。オレにとっちゃ家柄《いえがら》なんてどーでもいいことだからな。

屋敷《やしき》を出てもう十年以上経《た》つしよ」

「じゅ、十年⁉」

思わず大きな声を出して驚く。

カイジンの年齢《ねんれい》は、今年で二十五歳《さい》になるらしい。つまり十五歳、成人より前から屋敷
を飛び出し、武者修行という名の旅をしていたことになる。

盗賊《とうぞく》や魔物《まもの》、世の中は危険でいっぱいだ。

子供が一人で旅をするなんて、それだけで自殺行為《こうい》と言える。よほどの度胸、それとも覚悟《かくご》をもって旅立ったのか。

それとも単なる衝動的《しょうどうてき》な出発か。カイジンは面倒《めんどう》くさそうにしていて、詳《くわ》しく語る気はなさそうだった。

「レムハウンド家は遠縁《とおえん》だが王族の血筋なんだよ」

「お、王族？」

「ああ。もっとも何百年も前に分かれてるから、もう血も薄《うす》くなってる。今はただの辺境貴族の家系だから、メイアナも知らなかったんだろう」

「な、なるほど……？」

カイジンが王族の血筋……改めて彼《かれ》をじっと見つめても、まったくそうは見えない。

比べる対象がアレクトス殿下だから余計に。

「うっせーな。いいだろ家柄なんて！　それより戦いの話をしようぜ！　力比べはいつするんだよ！」

「ええ……さっきの話聞いてなかったんですか？」

「あん？」

「ひぃ！」

ちょっと睨《にら》むだけで怯《おび》えるシオン君。ソファーの背に隠れながら、反撃《はんげき》するように言う。

「この後すぐですよ！　リージョン殿下が場所を用意して、そしたらもう戦うんです」

「そうか。もうやれんのか。はっ、楽しみだぜ」

「ボクは全然楽しくない……」

「カイジンは特殊《とくしゅ》だから気にするな。俺も今回ばかりは気乗りしない。こんな争いに意味はない……それでもやらなきゃ、兄上は納得《なっとく》しないいんだよ」

そう言いながら殿下は窓の外を眺《なが》める。

どこか遠い目をしながら、憂《うれ》いに満ちた表情を浮かべていた。対立しているとはいえ、実の兄と戦わなければならない。

殿下のお心は、私では測りかねる。いいや、肉親で争わないといけないのは、私も同じか。

「……お姉様」

二度の顔合わせで、一度もちゃんと私と目を合わせてはくれなかった。

お姉様のことだから、私に対抗《たいこう》意識を燃やしてくると思っていたのに。まるであの場にいることが不本意であるように。

もしも望んでないのに、無理矢理《むりやり》連れてこられたのだとしたら……。

ほんの少し、リージョン殿下に苛立《いらだ》ちを感じる。

せめて誰《だれ》も傷つかないように。そう願って時間を待つ。

そして、わずか一時間半後――

私たちは騎士団が所有する模擬《もぎ》訓練場へと招待された。

屋内、屋外、地下と様々な環境《かんきょう》に合わせた訓練場がある中で、リージョン殿下が指定したのは屋外。森林と川、小さな滝《たき》まである自然を模した場所。

すでに準備はできており、訓練場の東西に分かれ、水色の大きな水晶《すいしょう》が目立つタワーが立っている。私たちの陣営《じんえい》は東に陣取《じんど》る。

「こいつを壊《こわ》せば勝ちか。めんどくせールールだな」

「怪我人《けがにん》を少しでも減らすための配慮《はいりょ》だ。兄上もその辺りは考えてくれている」

「はっ、甘《あま》い奴らだ。いざ戦場に立てば、どちらかが死ぬまで終わらねーってのによ」

「勘違《かんちが》いするなカイジン。これは戦争じゃない。ただの力比べだ」

殿下が鋭い視線でカイジンに詰《つ》め寄る。

少し緊迫《きんぱく》した空気が流れたが、カイジンがため息をこぼす。

「わかってるよ。ほどほどにしてやる」

「頼《たの》むぞ」

「おう！　その代わり、オレは自由にやらせてもらうぜ」

「そうだな。今回は急遽《きゅうきょ》決まった戦いだ。綿密に作戦を立てる時間も、それを実行するチームワークもない。だから簡単に役割だけ決めよう」

今回のルールは、どちらが先にタワーを破壊《はかい》できるか。

タワーを攻《せ》める役割と、守る役割に人員を分ける必要がある。

「兄上の性格的に、守りの人員は少なくして、攻めのほうを多くするはずだ。多くとも守りは二人……いや、一人の可能性が高い」

「じゃ、じゃあボクたちは守りを多くしますか？」

「そうしたいが、攻めが弱いと結局負ける。相手のタワーを誰が攻めるか……」

戦闘《せんとう》開始の五分前まで、私たちは役割分担と簡易的な作戦を話し合った。そして時間になる。合図は森の中央に、大きな狼煙《のろし》があがる。

「開戦だ」

訓練場の広さと、タワーの距離《きょり》から考えて接敵まで最短で十分。殿下《でんか》曰《いわ》く、リージョン殿下の性格なら、最初はまっすぐ中央突破《とっぱ》を目指す。

その予想通り、彼らは来た。

「やっぱりお前は守りか、アレク」

「兄上こそ」

攻めてきたのはリージョン殿下とノーマン様、その奥《おく》にお姉様の姿もある。

人数もメンツも、アレクトス殿下の予想通り。

「守りは騎士団長か」

「ああ、彼一人で十分だからな」

「……そうか。よかった」

アレクトス殿下は笑《え》みを浮かべる。

私たちの守りは三人、殿下と、私と、シオン君。攻めを任されたのは猪突猛進《ちょとつもうしん》――

◇◇◇

「てめぇがオレの相手かよ！」

「……不服か？」

「いや、強そうで安心したぜ！」

鬼神と騎士団の長が対峙《たいじ》する。

カイジンが周囲に視線を向ける。無防備に見えて周囲の警戒《けいかい》を怠《おこた》らず、付け入る隙《すき》を見せず。

「やっぱあんた一人か。他の奴らはみんな攻めに行っちまったんだな」

「そちらは逆に、貴様一人か？」

「おうよ。誰が相手だろうとオレ一人で十分だからな！」

「慢心《まんしん》が過ぎるぞ」

「そいつはやってみりゃーわかるぜ！」

カイジンが背中から大剣《たいけん》を抜《ぬ》く。すかさず飛び掛《か》かり、タワーではなく騎士団長に斬《き》りかかる。

騎士団長も腰《こし》の剣《けん》を抜き、左手には盾を構える。

二人の戦いが始まった頃《ころ》、アレクトス陣営でも攻防《こうぼう》が始まる。

◇◇◇

殿下が予想した通りの配員。リージョン殿下とノーマン様が先行し、後方にはお姉様が杖《つえ》を持って構える。

お姉様は魔術師として優秀だけど、戦闘は得意じゃない。持っている杖も、補助効果の射程距離を広げるための魔導具《まどうぐ》だ。

「ノーマン卿《きょう》、作戦通り頼むぞ」

「お任せください」

最初に動いたのはノーマン様だった。すでに術式を発動させ、私と殿下の眼前から消える。

転移系の魔術《まじゅつ》を発動させた。しかし狙《ねら》いはタワーへの接近ではなく、タワーを守る彼の元へ。

「え、えぇ！　なんでボクの前にきたんですか！」

「君が一番やっかいだからだよ。大人しくしてもらおうか」

ノーマン様の狙いはシオン君だった。彼が聖剣《せいけん》を抜く前に無力化する算段なのだろう。

聖剣を抜く前のシオン君は気弱で、身体能力も並以下。宮廷魔術師であるノーマン様なら十分に倒《たお》せる。

ただし、聖剣さえ抜けば——

「……一手遅《おそ》かったようだね」

彼は最強の勇者だ。

「アイスカーテン」

奇襲《きしゅう》に失敗したノーマン様はすかさず方針を変更《へんこう》する。

シオン君と自身を囲う氷の壁《かべ》を生成。私たちとの分断を図《はか》る。

意図を察したシオン君がノーマン様を無力化するために前進する。しかしそれも読まれていた。ノーマン様の周囲の地面には地雷《じらい》の術式が埋《う》まっていた。

一歩踏《ふ》み入れた瞬間《しゅんかん》、地面は光り爆発《ばくはつ》する。

「シオン君！」

「心配はいらない。聖剣を抜いたあいつは、誰にも負けない」

殿下の言葉に応えるように、煙《けむり》の中から無傷のシオン君が顔を出す。地雷にも耐《た》えるシオン君に、ノーマン様もわずかに焦《あせ》りを見せている。

ホッとする私に、殿下が言う。

「集中しろ。こっちも来るぞ」

「はい」

「そうだ。集中したほうがいいぞ」

眼前で迫《せま》るリージョン殿下が剣を抜いている。しかも一目でわかる。あれはただの剣ではなく、魔導具……いや、魔剣《まけん》の類《たぐい》だと。

アレクトス殿下から聞いているリージョン殿下の実力。剣士《けんし》としても強く、魔術師としても一流。目立たないだけで決して弱くない。

「燃《も》え盛《さか》れ、サラマンダー」

彼が手にしているのは炎《ほのお》の魔剣らしい。剣先《けんさき》から圧倒的《あっとうてき》な火力の炎が燃え上がる。

森を燃やし尽《つ》くしそうな勢いだけど、ちゃんと制御《せいぎょ》されている。森の木々には一切《いっさい》引火していない。

「兄上は俺《おれ》が止める。メイアナ、君はタワーの防御《ぼうぎょ》とレティシア・フェレスを頼む」

「はい」

そう言い、殿下が魔術を発動させる。

氷を降らせる魔術でけん制し、リージョン殿下の注意を引く。

「ぬるい攻撃《こうげき》だ。もっと本気で来い」

「わかっています」

リージョン殿下は魔剣を振《ふ》るい、アレクトス殿下に接近する。しかしアレクトス殿下はそれを許さない。

氷と風の術式を併用《へいよう》し、凄まじい嵐《あらし》のような冷たい風を生成、リージョン殿下の動きを鈍《にぶ》らせる。

そこへすかさず、初手の氷の術式を発動。躱《かわ》せないリージョン殿下は魔剣の炎で防御する。

「チッ」

「兄上は俺に近づけません」

剣術《けんじゅつ》の上ではリージョン殿下が上。ただし、魔術師としての実力は、アレクトス殿下が圧倒的に上だ。

総合的な実力も、アレクトス殿下に軍配が上がる。常に騎士団と共に最前線に立っていた王子と、訓練だけで腕《うで》を磨《みが》いた王子。

経験値の差は歴然だった。

「あまり俺をなめるなよ、アレク」

苛立ちを見せるリージョン殿下は引くつもりはない。魔剣の炎は火力を増し、空を覆《おお》うほどに広がる。

「降れ、炎の雨!」

無数の火球が降り注ぐ。

咄嗟《とっさ》に殿下が魔術の障壁《しょうへき》を展開するが、一部が間に合わずタワーに届く。

「メイアナ!」

「はい！」

こんな時のために私がいる。

すでにタワーの周囲には、ルーンストーンをいくつも配置してある。

炎には水だ。

「【ᛚ《ラグズ》！】」

周囲に水はない。だから代わりに、殿下が魔術で作った氷の塊《かたまり》を利用する。

ルーンの発動により氷は水へと変化し、薄い膜《まく》を空に展開する。降り注ぐ火球の雨は水の壁に阻《はば》まれる。

「へぇ、やるじゃないか」

「兄上」

「――――！」

一瞬《いっしゅん》の隙をつき、殿下が地面から茨《いばら》の鞭《むち》を生成し、リージョン殿下の足を拘束《こうそく》する。

「くっ、こんなもの！」

「よそ見をしている暇《ひま》はありませんよ、兄上」

二人の王子が激戦を繰《く》り広げる中、私は自分が向き合うべき相手に視線を向ける。

「お姉様……」

殿下曰く、リージョン殿下は魔術師として一流だけど、魔力《まりょく》量は心もとない。その彼が、魔剣をあれだけの出力で使えている。

理由はおそらく、後方で支援《しえん》するお姉様だ。

杖によって拡張された効果範囲《はんい》で、リージョン殿下を支えている。だから私が、お姉様を止める。

「【ᛋ《ソウエル》】！」

太陽のルーン。光を収束し、純白の砲撃《ほうげき》がお姉様に発射される。狙いは足元、退けて遠く離《はな》れてくれたらそれでいい。

効果範囲から出てくれれば……。

「リフレクション」

しかし簡単じゃない。光は光で弾《はじ》き返される。

反射した光の砲撃は巨木《きょぼく》をなぎ倒す。

「……あんたのせいよ」

「お姉様？」

ギリギリ声が聞こえる距離。微《かす》かに彼女は呟《つぶや》いた。酷《ひど》く睨んだように私を見ながら。

「私の……せい？」

何を言っているの？

「あんたが頑張るから……私まで頑張らないといけないんじゃない」

「何を……」

「なんで！　なんであんたばっかり！」

感情的になり、言葉が単調になっている。私には彼女が何を伝えたいのかわからなかった。

伝わるのは、私に対する怒《いか》りだけ。

「何を……そんなに怒っているの？」

「わからないの？　あんたがいなくなってから私がどれだけひどい目に遭《あ》ってるのか！」

「ひどい……目？」

まさかフェレス家で何か……私がいなくなったことで、私に対してされていたことがお姉様に？

その予想はしていたけど、本当にそうなら同情するけど。

「あんたが成果を上げる度《たび》に小言を言われるのよ。レティシアも何かないのか。早く新しい成果を見せなさい。宮廷での働きも監視《かんし》されてる。ちゃんと仕事を終わらせても、一秒でも時間がかかると怒られるのよ」

「え……」

「全部あんたがいなくなったから！　ノーマン様もジリーク様も、声をかけてくれるだけで助けようとはしてくれない。誰も、私一人……」

「……」

お姉様が何に怒っているのか、ようやくわかった。

わかった上で、私は言い放つ。冷たく、冷めた声で。

「それだけ？」

「え……？」

正直な感想を言おう。もっとひどい目に遭っていると思っていた。

心配した。体罰《たいばつ》とか、監禁《かんきん》とか。そういうことをされても不思議じゃないほど、私は両親を煽《あお》ったから。けれどなんてことはない。

彼女が訴《うった》える全てのことは……。

「そんなのずっと、私がされてきたことだよ」

「――！」

驚くこともない。

だって全部、知っている。

「会う度に小言を言われたり、無視されたり、誰も助けてくれなかったり。いつも比べられて、罵倒《ばとう》されてきた……知ってるよ。どれだけ辛《つら》いか」

私が何年も耐えてきたことだ。だからこそ、冷たくてもハッキリと言う。

「それも、お姉様が私にしていたことなんだよ」

「――私は……」

「優秀なら、何をしてもいいと思ったの？　周りが言うから、強く当たっても怒られないから、ストレスのはけ口にしていただけでしょ？」

「それは……」

ああ、意地悪だ。こんなにも苛立ち、感情を制御できないことがあるんだ。

なまじ心配なんてしたせいで、余計にイライラする。

彼女は反省していない。私にしてきたことを後悔《こうかい》も、間違《まちが》っていたとも考えていない。

ただただ、今の扱《あつか》いを私のせいにして怒っている。

「勘違いしないでよ、お姉様。私のせいなんかじゃなくて、お姉様が期待に応えられていないだけでしょ？」

「……メイアナ……」

「悪いのは私じゃない。目を背《そむ》けているのは、お姉様だよ」

「……あんたはっ⁉」

声を荒《あら》らげた直後、お姉様は意識を失い倒れ込《こ》む。

緩《ゆる》やかに寝息《ねいき》を立て、地面で寝《ね》そべる。

「やっと効いてくれた」

私は最初から、ルーンストーンを各所に配置している。

お姉様の近くにも一つあった。

【ᛞ《ザガス》】のルーン。有する意味は、昼、日。拡大解釈《かいしゃく》によって、穏《おだ》やかな昼は眠気《ねむけ》を誘《さそ》う。

興奮しているせいで時間がかかったけど、上手《うま》く眠《ねむ》りを誘えた。

これでもう、援護《えんご》はない。

「殿下《でんか》！」

「よくやった！」

「くっ、レティシアめ、妹に負けたのか」

お姉様が眠ったことで、明らかに魔剣の出力が落ちる。

操《あやつ》る炎の量が半減した。

「ここまでです。兄上」

「……まだだ」

勝負はついた。誰もがそう思う中で、リージョン殿下は諦《あきら》めない。

「俺はまだ負けていない！」

気持ちだけで魔剣を握《にぎ》りしめる。でも、それがよくない。

魔剣は強力な武器だけど、リスクもある。感情の高ぶりに呼応するように、魔剣が燃え上がる。

「ぐ、あ……」

「兄上！」

魔剣の暴走が始まる。支えを失い感情のままに力を振るおうとすれば、必ず暴走する。

魔力の制御はおろそかになり、力を垂れ流す。

「リージョン殿下」

「暴走？」

ノーマン様とシオン君も交戦を中断した。

それどころではない。暴走を放置すれば、使用者を焼き尽くすまで止まらない。

「魔剣を手放してください！　兄上！」

「は、離《はな》れ……ない」

完全に制御を失っている。

今すぐに魔剣を取り払《はら》うか、無理矢理《むりやり》炎《ほのお》を止めるしかない。ルーンの中に、炎を鎮《しず》める力はある。

「私が――」

声に出す前に、動き出した人がいた。

一切の躊躇《ちゅうちょ》なく、燃え上がる魔剣を掴《つか》んだのは……。

「殿下？」

アレクトス殿下だった。超至近距離《ちょうしきんきょり》で冷却《れいきゃく》の魔術を発動させる。

炎ごと氷で覆い、暴走を鎮める。冷気と蒸気が入り交じり、周囲へ拡散された。

殿下は無事なの？

私は慌《あわ》てて二人の元へ駆《か》け寄り、蒸気が消えた先で姿が見えてホッとする。

「殿下！　よかった。ご無事……」

炎を抑《おさ》えた殿下の右腕《みぎうで》は、肩《かた》から指先までひどい火傷《やけど》を負っていた。

「怪我《けが》はありませんか？　兄上」

「アレク……お前……」

自分のほうが重傷だというのに、敵対した者の心配をする。肉親とはいえ、異常な光景を目《ま》の当たりにした。

ふと、シオン君から聞いていた殿下の心について思い出す。彼の心には雨が常に降り続いているらしい。

リージョン殿下を助けたアレクトス殿下の表情は、喜ぶわけでもなく、悲しむわけでもなく、ただそうすることが当たり前で、何事もなかったような表情をしている。

それの表情に、姿に、曇天《どんてん》の中で振り続ける雨の光景を連想する。いつも優《やさ》しくて明るい殿下とは正反対の、暗くて少し怖《こわ》い横顔に、私はぎゅっと自分の手を握る。

こうして、意図しない形で力比べは決着する。

私たちは、一応……勝利した。だけどちっとも、嬉《うれ》しくない。この戦いで得たものは、殿下のひどい火傷だけだ。

◇◇◇

「完治まで一か月、だそうです」

力比べが終わり、みんなで私の研究室に集まっていた。宮廷《きゅうてい》の医師から聞いた殿下の容態を、シオン君とカイジンに伝える。

右腕の火傷は酷く、今は動かすことも難しいそうだ。

「くそっ、勝ったのに釈然《しゃくぜん》としねーな」

「す、すみません」

「てめぇがなんで謝《あやま》るんだよ」

「ボ、ボクが先に動いていれば、殿下が怪我をしなかったかもしれないですから」

「あん？　そんなことすりゃ、てめぇが大火傷《おおやけど》を負ってただけだろうが。状況《じょうきょう》は変わんねーよ」

カイジンの言う通り、誰が犠牲《ぎせい》になってもおかしくなかった。ただ、迷わず最初に動いたのは殿下だったというだけで。

幸いなことに、リージョン殿下に怪我はなかった。

炎の全てをアレクトス殿下が抑え込み、衝撃《しょうげき》も自身で肩代《かたが》わりした結果だ。

ちなみにカイジンと騎士団長の戦闘は継続《けいぞく》していたらしい。騎士団長も魔導具を駆使《くし》し、怪物《かいぶつ》のごときカイジンを一人で抑え込んでいたとか。

どちらも普通《ふつう》の人間じゃない。カイジンは最後まで決着がつかず、悶々《もんもん》としていた。

「んで、助けられた王子のほうは？　ちゃんと負けを認めたんだよな？」

「そう聞いています」

「さ、さすがにこれで認めなかったら……人としてどうかと思いますよね」

暴走を身を挺《てい》して救ってくれた弟に、何も思わない薄情者《はくじょうもの》ではなかったということか。

あの時、助けられたリージョン殿下の表情は、後悔に染まっていた。

「しっかしよぉ、あいつも無茶《むちゃ》するよな。下手《へた》したら死んでたって話じゃねーか」

「……殿下はたぶん、死ぬことが怖くない、のかもしれません」

「あん？」

「あ、あくまでそう見えただけです。あの瞬間、殿下は躊躇していませんでした。自分が傷つくことに関心がないというか……どうでもいいと思っているみたいで」

シオン君が小さな声でそう語る。

どうなってもいい……確かに、私にもそう見えた気がする。

自分が大怪我を負っているのに、無傷なリージョン殿下を心配する様子は、どこか異常さを感じた。

「無鉄砲《むてっぽう》ってだけじゃねーか。いや、あいつの目は最初から……つーか探索《たんさく》はどうなるんだよ」

「一か月後に始める、と聞いています」

「かー、それまで暇かよ。何して時間潰《つぶ》すかな～　おいガキ、ちょっと遊べよ」

「い、嫌《いや》ですよ」

「なんだと？」

「ひぃ！　ごめんなさーい！」

シオン君は涙目《なみだめ》で逃《に》げ出した。

それをすかさずカイジンが追いかける。

「待てこら！　暇つぶしにオレと戦えやー！」

「だから嫌なんですよー！」

「あははは……」

あの二人を見ていると、少しだけ落ち込んでいた気持ちが軽くなる。

「殿下……」

確か医務室で治療《ちりよう》を受けていると聞いた。なんとなく、様子が見たくなった私は医務室を目指す。

研究室の扉《とびら》を開けると、意外な人物と遭遇《そうぐう》する。

「メイアナ」

「へ、陛下！」

廊下《ろうか》に出ていきなり国王陛下と出くわす。

私はびっくりして変な声を出し、慌てて頭を下げる。

「よい。少し雑談をしに来ただけだ」

「は、はい……えっと……」

「アレクトスの所へ行くつもりだったか？」

「――！　はい」

私がそう答えると、陛下は優しい目をする。

「事情はリージョンから聞いておる。あの子も少しは反省したようだ」

「そう、でしたか」

リージョン殿下が……。

「メイアナよ、君からアレクトスはどう見えた？」

「え？　どう、とは……」

「危なっかしいと思わなかったか？」

「それは……思いました」

私はシオン君の言葉を思い出す。

「ご自身のこと……どうなってもいいと考えてるみたいだと……」

「その通りだ。アレクトスは、自分のことを軽く考えておる」

陛下が断言する。

驚《おどろ》き目を丸くする私に、陛下は続けて言う。

「あの子の母親……妻は、視察の帰り道に暗殺された」

「え……」

言葉を失う。現国王の妻は、病死したと世間では広まっている。

それが事実だと私も思っていた。

「ほ、本当なのですか？」

「ああ、その場には小さかったアレクトスもいた。強い雨が降る日……襲撃《しゅうげき》を受けて母が殺される様を、アレクトスは隠《かく》れて見ていた」

ごくりと息を呑《の》む。

幼い殿下はお母様の指示で隠れていた。恐怖《きょうふ》で声も出せず、無残に殺される様子を見ているしかできなかったという。想像するだけでぞっとして、怖くなる。

そんな過去を、殿下は持っている。

「その日以来、あいつは強くなった。元々才能はあったがな……今や王国最高の魔術師《まじゅつし》だ。だが、あの子を突《つ》き動かすのは、雨の日の後悔。守れなかった自分の弱さ、不甲斐《ふがい》なさへの怒り……」

陛下は続けて言う。

悲しくも温かな視線を向けて。

「あの子は、誰にも死んでほしくない。傷ついてほしくない。そのためなら自分が犠牲になればいいと、本気で思っておる」

「そんな……」

「ワシも止めた。何度も言い聞かせた。だが、変わらなかった。あの子は今も、母を助けられなかった後悔に取り憑《つ》かれておる」

以前、シオン君が心の話をしてくれた。

殿下の心は雨が降っていて、その奥に何かがある。

何か、まではわからないと。きっとそれは、雨の日に助けられず、隠れていることしかできなかった幼い殿下自身だ。

「……どうして、その話を私に？」

「君は少し、ワシの妻に似ている。雰囲気《ふんいき》がな」

「私が、ですか？」

陛下は小さく頷《うなず》く。

「あの子が君を選んだのは実力もあるが、無意識に目で追っていたのかもしれん。だから、すまんがあの子のことを頼む」

「……私に、何かできるのでしょうか」

「わからん。ただ、声をかけ続けてほしい。なんでもよい」

「声……」

何と声をかければいいのだろう。

暗くて悲しい過去を、私なんかがどうこうできるはずもない。

陛下は私にその話をして去って行った。お忙《いそが》しい中で、わざわざ私に話を聞かせるために立ち寄ってくださったのだろう。

私は深々と頭を下げる。そして、歩き出す。

向かったのはもちろん医務室だ。

部屋の前にたどり着き、深呼吸をする。まだ、何を言えばいいのかわからない。

ただ無性《むしょう》に、殿下の顔が見たくて、扉をノックする。

「誰だ?」

「メイアナです」

「ああ、入っていいぞ」

許可を得て、扉を開ける。冷たく湿《しめ》った風が吹《ふ》き抜ける。

奇《く》しくも今日は、雨が降っていた。医務室のベッドで座《すわ》る殿下と視線が合う。

「よく来てくれたな。見舞《みま》いか？」

「はい」

「そうか。すまないな。俺がこんなザマで、一か月も待たせることになる」

「いえ、殿下のお身体《からだ》のほうが大事ですから」

「……そうでもないさ。俺より、みんなが無事でよかったよ」

自分なんてどうでもいい。そう、言いたげな横顔を見せる。


雨は嫌《きら》い。


以前に口にした意味を改めて理解する。今日は雨が強い。きっとこんな日に、殿下はお母様を亡《な》くしたんだ。

もう二度と、誰かに死んでほしくないから強くなった。自分を犠牲にしてでも、守れるように。

そんな彼《かれ》に、私が言えることはなんだろう。

「殿下」

「なんだ？」

「――私は、ここにいますから」

殿下の傍《かたわ》らで、傷だらけの手に軽く触《ふ》れる。考えはまとまっていない。けれど、不思議と胸の奥からこの言葉が現れた。

私はここにいる。

「メイアナ……？」

「無茶はしないでください。無茶するなら、私もお手伝いします。私も、殿下をお守りします」

陛下が言っても変わらなかったんだ。

私が止めたところで無意味だろう。なら、私も一緒《いっしょ》に行く。

危険な場所へも、怖いところだって関係ない。殿下が行くなら迷わない。それだけが、今の私にできること。

殿下に救われた私が、今度は殿下を守るんだ。

「――母上」

「え？」

「あ、いや、今のセリフ、死んだ母上に似ていたんだ。私はここにいる。ずっと見てるからって、口癖《くちぐせ》だった」

「そう、だったんですね」

「ああ……」

殿下は寂《さび》しそうに天井《てんじょう》を見上げる。お母様のことを思い出させてしまった。余計なことを言ってしまっただろうか……。

「メイアナ、君は本当によく似ているよ。少し懐《なつ》かしい気分になった」

そう言って殿下は微笑《ほほえ》む。無理をする笑顔《えがお》じゃない。ホッとするように……だから私は思う。悪いことをしてしまったなんて思わなくてもいいのだと。

「ありがとう」

間違っていない。殿下が私に向けてくれた笑顔を見て、そう思えた。

自分だけボロボロになりながら、誰《だれ》かを守ろうとする殿下は誰よりも強くて、誰よりももろいように感じる。

だから私は、強く思う。

この人の笑顔を、私が守れるようになりたい。殿下の信頼《しんらい》に応えられる魔術師であり続けたい、と。

私には一体何ができるだろうか。

殿下の心に降る雨は、今も止《や》まずに殿下を苦しめているに違《ちが》いない。ただの言葉じゃ足りない。

殿下に心から笑ってほしい。雨が止めば、その後は雲がいなくなって晴《は》れ渡《わた》る。そういう風に、殿下の心も明るく照らされてほしいから。

私はこれから考えて続けていく。

殿下のためにできることを。彼の笑顔を守る方法を。私にしかできない……殿下が必要としてくれた力で、きっと――

エピローグ◆雨のち晴れ

「おら！　さっさとかかってこいや！」

「ひぃ！　い、嫌だって言ってるじゃないですかぁー！」

騎士団《きしだん》の訓練場で、シオン君がカイジンに追い回されている。

泣きながら逃げ回るシオン君を、苛立《いらだ》ちと楽しさを混ぜ合わせたような表情で追い回すカイジン。どう見てもいじめの光景だけど、周りの騎士《きし》たちは呆《あき》れていた。

「まーたやってるよ」

「シオン頑張《がんば》れー。逃げろー」

「応援《おうえん》じゃなくて助けてくださいよぉー！」

「無理に決まってるだろー。そんな怪物の相手できるのはお前くらいだー。だから頑張れー。応援してるぞー」

「無責任すぎる！」

同僚《どうりょう》の騎士たちは自分の訓練に戻《もど》る。誰も助けようとしないのは薄情《はくじょう》というわけじゃなくて、大丈夫《だいじょうぶ》だとわかっているから。さて、そろそろシオン君が追い付かれる。壁際《ぎわ》に追い込まれて、逃げ場を失う。

「う、うぅ……」

「ようやく追い詰《つ》めたぞ。さぁ、さっさと剣《けん》を抜《ぬ》きやがれ！」

「ひぃぃ！　も、もう――」

追い込まれたシオン君は聖剣《せいけん》を抜く。

カイジンもそれをわかった上で斬《き》りかかり、彼の攻撃は受け止められる。

横目に観戦していた騎士たちから、おおーという声があがる。

みんなこの展開を待っていた。追い込まれたシオン君が聖剣を抜き、カイジンとのぶつかり合いが始まる。

いつもの流れだから、ある意味安心して見ていた。

「いい加減にしてください。いつもいつも、怪我じゃすまないですよ」

「はっ！　上等だガキンちょ！」

シオン君とカイジンのバトルは、騎士団で名物になり始めていた。

彼らは強い。常軌《じょうき》を逸《いっ》する強さがある。それに、見ていてワクワクする戦い方をしてくれる。だから大勢の騎士たちが観戦に来ている。

私はというと、二人がヒートアップしすぎて怪我をしないように見守る係だ。

「二人とも周りのことは考えてくださいね」

「わかっています」

「それはこいつ次第《しだい》だな！」

「もう」

二人は今日も元気だ。あの力比べから一か月が経《た》とうとしている。

カイジンはシオン君で暇をつぶし、毎日楽しそうだ。

力の拮抗《きっこう》する相手がいなかった彼にとって、シオン君は自分を強くしてくれる数少ない相手だから。

シオン君のほうも、毎回嫌々《いやいや》相手をしているみたいだけど、少しだけ活《い》き活きしている。

彼もまた、本気を受け止められる相手を探していた……のかもしれない。もっとも、性格や趣味嗜好《しゅみしこう》は対極な二人だ。

「オラオラどうした！」

「っ、このっ！」

徐々《じょじょ》に二人の表情が険しくなる。訓練であることを忘れて、本気の目に近づいてく。

そうなったら私の出番だ。

「二人ともそこまで！　止めないなら水をかけるよ！」

「――――！」

「チッ、いいところなのによぉ」

私の声を聞いた二人が戦闘《せんとう》を中断する。

よかった。入り込んでしまうと私の声も届かない。その時は上から水を降らすしかない。

戦いを止めた二人がノソノソと私のほうに向かって歩いてくる。

「二人ともお疲《つか》れ様《さま》でした」

「全然疲れてねーよ。まだ動き足りねーくらいだ。おい小僧《こぞう》、さっさと続きやるぞ」

「い、嫌ですよ」

シオン君も聖剣を鞘《さや》に納め、普段《ふだん》通りのヘナヘナした雰囲気に戻っている。

「メイアナさん！　できればもっと早く止めてくださいよぉ」

「それじゃ訓練にならないでしょ？」

「えぇ～」

「がっはっはっ！　味方はいねーみてぇだな！」

しょんぼりするシオン君の肩を、カイジンがガシガシと乱暴に叩《たた》く。

相変わらず嫌そうな顔だ。けど、カイジン相手に文句を言ったり、自然な形で会話ができていることに、シオン君自身は気づいているのかな？

「さてと」

「どこ行くんだ？」

「殿下の所です」

「おお、もうそんな時間か。いい加減復活しろって伝えといてくれ」

「昨日も言ってましたよ？」

「毎日だって言ってやるよ。こちとら待たされてんだ」

やれやれとカイジンは首を振《ふ》る。

性格的に待つのが嫌いそうなカイジンが、この一か月文句を言いながらも王城に残っている。

シオン君がいてくれたおかげもあるとは言え、彼なら勝手に遺跡《いせき》に入ろうとしたり、王城を飛び出しそうなのに。

乱暴そうに見えて意外と気が利《き》く人だ。

「なんだよ」

「いえ、じゃあ伝えておきます。シオン君は？　一緒に来る？」

「あ、いいえ、疲れたので休憩《きゅうけい》しています」

「わかった。じゃあ行ってきます」

私は二人に軽くお辞儀《じぎ》をして訓練場を後にする。

◇◇◇

メイアナを見送る二人。カイジンは地面に腰《こし》かけ、メイアナの後ろ姿を見ながら呟く。

「毎日毎日マメな奴《やつ》だな」

「それだけ心配なんだと思います」

「別にもう傷は治ってるんだろ？」

「お医者さんが言うにはそうらしいです。でも、まだ安静が必要だと聞きました」

「ったく、傷が治ったなら十分だろうが」

カイジンが呆れながら大の字に寝そべる。

空を流れる雲を見ながら、隣《となり》に立っているシオンに言う。

「おい小僧」

「こ、小僧じゃなくてシオンです」

「めんどくせーな。んなことより、そろそろだぜ」

「遺跡のことですか？」

「おう。楽しみじゃねーか。魔神《まじん》ってやつがどんだけ強いのか確かめてやるぜ」

カイジンは空に向かって腕《うで》を伸《の》ばし、拳《こぶし》を握る。

期待に満ちた表情で。その隣で、シオンは呆れる。

「ボ、ボクたちは復活を阻止《そし》するために行くんですよ？　わかってますか？」

「うるせーなぁ～　いいんだよ、復活したって関係ねぇ」

「……勝手なこと、しちゃだめですからね？　その時は……止めます」

「お前がか？」

「……誰かが」

「そこは自分がって言えよ！　強いんだからさぁ」

カイジンは気持ちよさそうに目を瞑《つぶ》り、そう言った。

心地《ここち》いい風が吹く。シオンは彼に認められたことに、小さく笑《え》みをこぼす。

「よっしゃシオン！　続きやるぞ」

「まだ休憩ですよ！」

◇◇◇

私は一人、騎士団隊舎から王城へと向かって歩く。

道中で宮廷を通るのが近道だけど、会いたくない人が多いから、あえて遠回りを選ぶ。

「二人とも大丈夫かな」

私が目を離した隙《すき》に戦いを始めたり……はしないかな?

最初のころは何度かあったけど、注意してから減っている、気がする。私がいないと止める役がいないから、できれば帰ってきてから始めてほしい。

二人もさすがにわかっていると思いたい。なるべく早く戻れるように、私は早足で王城へと向かった。

王城へ入り、廊下を歩いていく。

一か月前は病室で療養《りょうよう》していた殿下も、今はかなり回復して自室に戻っている。もうすっかり傷は治り、動けるようにもなった。

二人と同じで、定期的に見張っていないと無茶をしてしまう。

私は陛下に頼《たの》まれていた。殿下が一人で無茶をしないように、しっかり見張ってほしいと。その責務を果たすため、私は今日も殿下の元へ。

「――!」

急いでいた足がピタリと止まる。

私の前には殿下が姿を見せた。もっとも、私が会いに行こうとしたアレクトス殿下ではなく……。もう一人のお方だ。

「リージョン殿下」

「メイアナ、少し時間を貰《もら》えないか?」

殿下の様子を見に行かないといけない。私はアレクトス殿下の直属だから、リージョン殿下の命令を無視することもできる。

断ってもよかったのだけど、なんとなく……。

「……はい」

少しくらいなら話してもいいと思えた。

私たちは場所を移す。人通りが多い廊下の真ん中からずれて、誰も使っていない部屋へと。王城は広く、使っていない部屋はたくさんあった。

リージョン殿下は窓際に移動して、私は扉側に立つ。

彼とこうして会うのは一か月ぶり、あの力比べの時以来だ。

偶然《ぐうぜん》なのか意図的か、廊下ですれ違ったりすることも一切《いっさい》なかった。だから驚いている。

まさかリージョン殿下から話しかけてくるなんて。

「アレクに会いに行くところだったのか？」

「はい」

「……そうか」

「……」

気まずい。会話が続かない。元より交流があったわけでもないから、私から話すこともない。

リージョン殿下から声をかけたんだ。

何か話したいことがあるとは思うし、ふざけている雰囲気もない。ただ、言葉に出していいのか迷っているように見えた。

沈黙《ちんもく》が続く。私は案外、静かすぎる間が苦手らしい。

何か話せることはないか、と考えていたら——

「アレクの容態はどうなんだ？　もう回復したのか？」

リージョン殿下のほうから質問してくれた。たぶん、聞きたかったことがアレクトス殿下のことなのだろう。

彼は質問した後すぐに目を逸《そ》らす。

「リージョン殿下は、お見舞いには行かれないのですか？」

「は？　なぜ俺《おれ》が見舞いなんて」

「でも……」

明らかに心配している。私を呼び止めた時からずっと、初めて言葉を交《か》わした飄々《ひょうひょう》とした雰囲気もない。

暗く落ち着いた様子で、一度も笑わない。

「心配なら、ご自身で会って確かめてみてはいかがですか？」

「勘違《かんちが》いするな。あの傷は俺を勝手に庇《かば》ったせいだ。これで回復しなかったら俺のせいになる。それが心配で聞いただけだ」

「……」

わかりやすく言い訳を口にする。自分のせいで怪我をさせてしまったから、会いに行くのも躊躇《ためら》っている？

意外と繊細《せんさい》というか、本当にアレクトス殿下《でんか》のことを心配しているんだ。いがみ合っているだけかと思っていたけど、そうじゃない？

「まったくあいつは！　頼んでもいないのに勝手に……自分が死んだらどうするつもりだったんだ。それじゃ母上と同じ……！」

リージョン殿下は独り言を途中《とちゅう》で止める。

母親の死の真相を知る者は少ない。公には病死とされている。私の前で母のことを感情的に語ってしまった彼は、バツが悪そうに目を逸らす。

「それで？　回復しているのか？」

「はい。順調に回復されて、もう傷はほとんど完治しております」

「――そうか」

顔を背《そむ》け、窓を見つめる。チラッと見えた横顔が、どこかホッとしているように見えた。

静寂《せいじゃく》を挟《はさ》み、リージョン殿下は歩き出す。

「聞きたいことは聞けた。時間を取らせたな」

彼は毅然《きぜん》とした態度で歩き、私の隣を通り過ぎて扉から出ようとする。

私は、陛下から聞いて王妃《おうひ》様の死の真相を知っている。幼いアレクトス殿下を守り、暗殺者に殺されてしまった。

その出来事が、今のアレクトス殿下を形成している。

なら、リージョン殿下は？

当たり前のことだけど、リージョン殿下のお母様でもある。母を亡くし、何も感じないわけがない。

もしかして、彼がアレクトス殿下に強く当たるのは、母を失った悲しみから……？

何となく違う気がした。

リージョン殿下はアレクトス殿下を恨《うら》んでいるわけじゃないと思う。いや、むしろ逆なんじゃ……。

「死んでほしくないから、アレクトス殿下に挑《いど》んだんですか?」

「——!」

扉に手をかけたリージョン殿下がピタリと止まる。

私の想像に過ぎない。真実はわからない。けれど、もし本当にそうだとしたら……。

「ふっ、何を馬鹿なことを……俺はアレクが気に入らないから勝負をしかけただけだ」

「……」

「弟の前で胸を張れない兄など、兄とは呼べないだろう」

「——それって」

ガチャリ、と、扉が閉まる。

最後の一言に、リージョン殿下の心が宿っている気がした。

◇◇◇

リージョン殿下と別れた私は、今度こそアレクトス殿下のいる部屋に向かう。

決まった時間に訪問する予定があるわけじゃないけど、なんとなく毎日同じ時間に出向いている。

私は自然と足を速く動かした。

部屋の前にたどり着く。トントントンとノックを三回して、殿下を呼ぶ。

「殿下、メイアナです」

三秒ほど待った。返事はなく、静寂が返ってくるばかりだ。

私は首をキョトンと傾《かし》げ、もう一度扉《とびら》をノックする。

「殿下？」

呼びかけても返事がない。

眠《ねむ》っているのだろうか。だとしたら起こすのは申し訳ない。ただ念のため、寝《ね》ているかどうかの確認《かくにん》だけしたかった。

殿下の自室だし、許可なく入るのは失礼だろう。そこで私の特技が役に立つ。

「【ᛗ】《マンナズ》」

私は部屋の扉にルーンを刻む。

【ᛗ】に宿る意味は、人。人の気配を感知したり、迷い人を探索したり、人に関する何かを見つけ出す効果を生む。

扉に刻まれたルーンは光り、中に人がいれば輝《かがや》きを維持《いじ》する。

中に人がいなければ……。

「消えた？」

光は消えてしまう。ルーンによる探知の結果、部屋に人の気配はない。

心配になった私は慌《あわ》てて扉を開けた。

「殿下！」

案の定、誰もいない。ベッドの布団《ふとん》は綺麗《きれい》に畳《たた》まれていて、部屋も整頓《せいとん》されている。

窓も閉まっているし、荒《あ》らされた形跡《けいせき》はない。つまり、自分で出て行かれたんだ。

「まだ安静って言われてるのに」

殿下はどこへ？

私はキョロキョロと部屋の中を探す。もちろんいない。痕跡《こんせき》らしきものも残っていない。

もう傷は回復しているし、歩き回る程度なら平気だと言われているけど。

「殿下……」

心配だ。

陛下からあの話を聞いてしまったこともあり、余計に不安になる。とは言え、殿下だってわかっているはずだ。

さすがに遠くへは行っていないはず。

殿下の性格から考えられるとしたら……。

「執務室《しつむしつ》？」

予想を立てた私は急いで部屋を出た。

向かったのは殿下が普段、職務を熟《こな》している執務室だ。殿下の性格なら、一か月も仕事を放置してしまったことを歯痒《はがゆ》く思っているはず。

身体が十分に動けるなら、もう仕事を始めてしまっても大丈夫だろう。

そう考えたに違いない。決めつけのような予想を抱《いだ》き、私は執務室の扉をノックする。

「殿下、いらっしゃいますか？」

「――その声、メイアナか」

「――！　やっぱり」

ここにいたんだ。私はホッと胸を撫《な》で下ろす。

「入ってもよろしいですか？」

「ああ」

「失礼します」

私は部屋に入る。

窓が開いているのか、緩《ゆる》やかな風が吹き抜ける。

テーブルの上に積まれた書類がパタパタと風でなびく。殿下は椅子《いす》に座らず、テーブルから書類を手に取り眺《なが》めていた。

まったく、予想通りすぎて呆れてしまう。

「よくここがわかったな」

「殿下のことなので、仕事を始めているのではないかと思いました」

「ははっ、正解だ。もう十分に回復した。これくらいなら平気だろ」

「ダメです。お医者様にも安静にしているように言われているはずです。傷は治っても、体力まで戻ったわけではないんですから」

多少不敬でも仕方がないと割り切り、私は殿下に進言する。

もちろん、殿下もわかってはいるはずだ。だから私に言われても怒《おこ》ったりはしない。

「君は心配性《しんぱいしょう》だな」

そう言いながら、殿下は書類をテーブルに戻した。

「いつもより遅《おそ》かったし、今日は来てくれないのかと思ったよ」

「少し用事がありました」

リージョン殿下と話したことは、わざわざ口にしなくてもいいか。

なんとなくそう思って話さなかった。

「あの二人は？　元気に暴れているか？」

「今は休憩していると思います」

「そうか。退屈《たいくつ》な思いをさせて悪いな。俺がもっと頑丈《がんじょう》だったらよかったんだが」

「十分凄《すご》いです」

かなり深く重い傷だった。一か月という期間も医者から言われていた最短の治療《ちりょう》期間でしかない。

通常なら二か月はかかる傷を、その半分で治癒《ちゆ》させた。

魔術《まじゅつ》による治癒は高度で、特に他者を治療するのは難しい。

治癒は殿下の数少ない不慣れな魔術だった。それでもこの回復スピードは驚異的《きょういてき》だ。

「医者からもう、普通《ふつう》の生活には戻っていいと言われているんだ。書類仕事くらいは平気だと思うけどな」

「お医者様には仕事のことも話したのですか？」

「いや、してない」

「であれば、次にお会いする時に確認してください」

私は医者じゃないから、殿下の身体のこともハッキリとは明言できない。

医者がいいと言えば問題ないし、言われていないのなら安静にすべきだろう。

「そうだな。じゃあ仕事は止めよう。代わりに、散歩に付き合ってくれないか?」

「お散歩ですか? 構いませんがどちらまで? あまり遠くへは」

「大丈夫、距離《きょり》はそんなに離れていない。王城の裏手に丘《おか》がある」

「丘、ですか」

そういえばそうだった。王城自体、王都でも高い場所に建っている。

行くには王城を越《こ》えないといけないから、私は一度も行ったことがない。

「何かあるのですか?」

「……墓があるんだ」

「え、お墓?」

「……ああ、母上の墓だ」

殿下が私の隣をすれ違う。

一瞬《いっしゅん》だけ見えた横顔は、悲しそうに映った。

◇◇◇

王城の敷地《しきち》には、裏手の丘へ通じる道があった。

案外簡単に行けてしまう。けれど、騎士たちも使用人も、この場所へ訪《おとず》れることはない。

なぜなら、そこはただの丘ではないから。

知る人は知っている。丘の先に、何があるのか。その場所が王族にとって、特別な場所だということを。

「実は、今日が母上の命日なんだ」

「……そうなんですね」

歩きながら殿下が話し始める。公式に明かされている命日とは、数日のズレがあった。

殿下は私が……知っていることを知らない、はずだ。それなのにどうして、今日が命日だと……暗殺された日だと口にしたのだろう。

私は殿下の後に続きながら、空を見上げる。さっきまで晴れていたのに、徐々に雲行きが怪《あや》しくなる。

一雨降りそうな……分厚い雲がこちらに来ている。

空までも落ち込《こ》んでいるように見えた。

そうして、たどり着いた丘の先。王城の反対側、王都の外の景色が一望できる場所に、小さな十字架《じゅうじか》が建っている。

「母上は昔から、この場所が好きだった。嬉《うれ》しいこと、悲しいこと、悩《なや》み事《ごと》がある時もここへ来ていた。父上と喧嘩《けんか》した時も、必ずここに来て仲直りしていたんだ」

「そうなんですね」

王族、というより家族にとって思い出深い場所。だからここにお墓を建てた。

亡くなった母親が、一番好きだった場所に……。

「俺もよく来るんだ。俺の場合は報告がある時が多いけど、悩んだりした時もかな」

「……今は、どちらですか？」

「両方、かな」

そう言いながら、殿下は墓標の前でしゃがみ込む。こんなにも小さくて、悲しそうな背中は初めて見た。

いつも気高く、凛々《りり》しく、誰よりも強く、みんなを引っ張ってきた背中とは……別人みたいだ。

「父上から聞いたか？」

「え……」

「母上のことだ」

殿下は背を向けたまま尋《たず》ねてきた。

突拍子《とっぴょうし》のない質問に驚《おどろ》きながら、そんな気はしていた。

「どうしてそれを。陛下からお聞きになられたのですか？」

「いや、父上は何も言っていない。ただなんとなくな。そうじゃないかと思った」

殿下は立ち上がり、腰に両手を当てて空を見る。

「雨……降ってきそうだな」

「……はい」

雨は嫌《きら》いだ。殿下がそう言った時のことを思い出す。

きっと思い浮《う》かべてしまうんだ。

母親が目の前で殺された日の光景を……忘れたくても忘れられない悲しい過去を。

「どこまで聞いた？」

「……お母様が、暗殺されたと。詳《くわ》しくは聞いていません」

「そうか……あの日のこと、偶《たま》に夢に見るんだ」

「殿下？」

彼《かれ》は振り返る。悲しそうだけど、無理して笑顔を作って。

「聞いてくれるか？」

「……はい」

私は小さく頷《うなず》き、殿下の声に耳をすます。

一言も聞き逃《のが》さないように。

◇◇◇

その日は、朝から雲が濃《こ》かった。

いつ雨が降り出してもおかしくない天気だった。けれど母上がいれば、雨は降らない。

「母上がいれば雨は降らない！」

「どうして？」

「それはねー、秘密」

そう言ってごまかして笑う。

母上は太陽みたいな人だった。いつも明るくて、言葉も、声も温かくて、一緒《いっしょ》にいると心がポカポカする。

俺は母上のことが大好きだった。

忙《いそが》しくて一緒にいられる時間が短いから余計に、こうして一緒にいられることが幸せだった。特にこの日は、母上と俺の二人だけの視察だったから、独《ひと》り占《じ》めだ。

俺は浮かれていた。

そんな帰り道に、事件は起こった。

雨が降ったんだ。母上と一緒の時、一度も降ったことのない雨が。

初めてのことだった。子供ながらに不吉《ふきつ》な予感がした。

その予感は的中した。俺たちを乗せた馬車が急停車し、直後に大きな音を立てて横転した。

「っ、アレク！」

「母上！」

母上は咄嗟《とっさ》に俺を抱きかかえて守ってくれた。横転した馬車の扉がはずれて、転がりながら外が見える。

どしゃぶりだった。雨の中うっすらと、馬車に近づく人影《ひとかげ》が見えた。

「……母上」

「しっ、静かに」

声を出そうとした俺の口を母上が押《お》さえた。

「アレク、何があってもここから出ないで、じっとしていて、声も出しちゃだめよ」

「母上？」

「お母さんとの約束よ。守れる？」

「……う、うん」

怖《こわ》かった。状況《じょうきょう》がわからなくて。けれど母上が笑い、俺の頭を撫でてくれた。きっと大丈夫なのだと。母上は一人、壊《こわ》れた馬車の隙間《すきま》から外に出た。

俺の姿が見えないように、隙間の前に立っていた。

「あなたたち、何者かしら？」

「ミリタリア王妃だな？」

「そうよ」

「――悪いがここで死んでもらう。全ては人々の平和のために」

男たちは母上を殺すために雇《やと》われた暗殺者だった。馬車を護衛していた騎士たちは、襲《しゅう》撃《げき》された時点で倒《たお》されている。

あとから知った話だけど、騎士団の中に暗殺者と通じる者がいた。その一人の裏切りで護衛態勢は崩壊《ほうかい》し、一瞬にして母上を守る人はいなくなった。

この出来事をきっかけに、騎士団の体制は一新され、完全に裏切り者はいなくなったらしい。

母上は気づいていたんだ。だから、俺だけでも生き延びれるように、自分が犠牲《ぎせい》になる道を選んだ。

母上は戦う術《すべ》を持っていない。相手は複数、凄腕《すごうで》の暗殺者たちだ。もはや助かる道はなく、あっけなく、母上は殺されてしまった。

「――――!」

声を出しそうになった。けれど、母上との約束があったから、俺は必死に堪《こら》えた。

母上の身体《からだ》は、俺の姿を隠《かく》すように、壊れた馬車にもたれかかっていた。

「情報では第二王子もいるはずだが?」

「……瓦礫《がれき》の下敷《したじ》きになったのだろう。目的は達した。撤収《てっしゅう》するぞ」

暗殺者たちが去って行く音が聞こえる。

何も見えない。真っ暗で……微《かす》かに見えるのは、母上の身体から流れ出る血が、俺の足元まで届いていること。声を殺し、気配を殺し、それでも涙《なみだ》はあふれ出る。

血と涙が混ざり合った匂《にお》いを、俺は生涯《しょうがい》忘れられない。

◇◇◇

「あの日、俺は誓《ちか》ったんだ。もう二度と、目の前で誰《だれ》かがいなくなるなんて嫌《いや》だ。俺が全部……守れるようになる。そのために、強くなるって」

「……っ」

「メイアナ？」

私の頬《ほお》を、冷たい雫《しずく》が流れ落ちる。殿下の話を聞いていた私は、いつの間にか涙を流していた。

覚悟《かくご》はしていたのに、我慢《がまん》できなかったんだ。

「すみません……」

悲しい話だった。

こんなにも、辛《つら》くて苦しい出来事があるのかと耳を疑った。

けれど今の話は、実際に起こったことで、殿下の脳裏《のうり》に焼き付いて離《はな》れない過去なのだろう。彼は目の前で、大好きだった母親を殺された。

泣き叫《さけ》びたい気持ちを押《お》し殺して、母親の最後の言いつけを守った。涙を流す私の頬に、殿下はそっと触《ふ》れる。

「お見舞《みま》いに来てくれた時、メイアナが言ってくれた言葉は、よく母上が口にしていたことだった。私はここにいるから、と。不思議と元気が出るんだ」

「殿下……」

「君は少し、母上に似ているな」

そう言って殿下は微笑《ほほえ》む。陛下にも同じことを言われた。私が、亡《な》き王妃に似ていると。

だから殿下は……。

「だから俺は、君を見つけられたのかもしれないな」

私に手を差し伸べてくれたのは、偶然なんかじゃない。

殿下は探していたんだ。無意識に、大好きだった母親に似ていた私を目で追って……。

「うん、似てるな。見た目も少し似てるけど、雰囲気《ふんいき》というか……言葉も、あれは君の口から出た言葉だったんだろ？」

「……はい。何か言わなきゃと思って、自然と口から」

「そうか。ならそれが、君らしい一言だったんだな」

殿下は嬉しそうな笑みをこぼす。

私の姿に、言葉に、少しでも母の面影《おもかげ》を感じてくれたのなら……嬉しいと思う。

私は彼の母親じゃないし、どんな人かも知らない。それでも、大好きだった母親と重ねられることを、私は光栄だと思う。

きっとそれは、世界で私だけに与《あた》えられた特権だ。

「俺はもう誰も失わない。君のことも、あいつらも、俺が守ってみせる」

「殿下……」

殿下の言葉は、誓いであり、呪《のろ》いでもある。

彼は自分の身の危険をいとわない。たとえ傷つこうとも、目の前の誰かを救うことを優先する。

それは強さであると同時に、危《あや》うさだ。

私は彼のように強くない。ルーン魔術は使えても、みんなみたいに勇敢《ゆうかん》に戦えない。こんな私にできること……言えることを探そう。

「ん、雨が降ってきたな。そろそろ——メイアナ？」

私にできることはただ一つ。右手に握《にぎ》るルーンストーン二つを大きく空へ投げた。

刻まれているのは【ᛈ】《ペルス》の文字。宿る意味は風、大気、運ぶ者。もう一つのルーンストーンを風で空高く、雲に届く高さまで飛ばす。

「——【ᛒ】《ベルカナ》」

もう一つに刻まれている文字の意味は、白樺《しらかば》の枝。枝で文字を描《えが》くように、ルーンストーンは宙を舞《ま》う。

私は描く。雲に、特大のルーンを。

「何を……」

「私にできることは少ないです」

離れた場所に文字を描くのは簡単じゃない。

魔力《まりょく》の消費も激しく、繊細な操作も必要になる。

「私にはこれしかできません。殿下のように強くないし、戦えない。でも……」

こんな私でも——

「——【ᛊ】《ソウエル》！」

「空が……」

分厚い雨雲に刻まれた文字の力によって、雲は四方へ散る。

有する意味は太陽。太陽の輝きは雲を貫《つらぬ》き、晴《は》れ渡《わた》る青空が顔を出す。ルーン魔術だからできる……最大の奇跡《きせき》。私は強くない、戦えない。

それでも……。

「雨を止められます！」

「——！」

「私がいる限り、殿下の上に雨は降らせません！　この先ずっと、私が晴れさせてみせます！」

この青空を守ることはできる。

意味があるのかは、わからない。でも、殿下が嫌いだと言った。

雨は殿下を悲しませる。心を、曇《くも》らせ、雨が降る。だったらそんな天気を、私が変えてみせる。

そうすれば少なくとも、嫌いな雨に心が沈《しず》むことはなくなるはずだ。

「はぁ……ふぅ……」

と言っても、これだけ大きなルーンは何度も使えない。全身の魔力を一気に絞《しぼ》り出した。

どっと疲《つか》れが来る。まだ、殿下の前だ。辛いところなんて見せられない。

彼のお母様もきっと、殿下の前では笑っていたはずだから。

「……ぷっ、はっはっはっはっはっ！」

「で、殿下？」

唐突《とうとつ》に、殿下は大声で笑いだした。

大空を見上げながら、腰《こし》に手を当てて。

「あーあ、凄いな君は。こんな奇跡を起こせるなんて……」

「これくらいしか、取《と》り柄《え》がないので」

「十分すぎるだろ。雨を止ませる……こんなの俺でもできない」

殿下は空を見上げながら呟《つぶや》く。

「綺麗な空だ」

雨上がりだから余計にそう思えるのだろう。雲が晴れた直後の空は、いつも見ているよりも青が濃い。

雲一つない青空は、清々《すがすが》しく心を風のように抜《ぬ》けていく。

「母上の命日は、いつも雨が降っていたんだ」

ぼそりと、殿下は口にする。

墓標の十字架に優《やさ》しく触れながら。

「初めてだ。こんなにも晴れたのは」

殿下は風の魔術を使い、軽く風を吹《ふ》かせる。十字架についた水滴《すいてき》と、周囲の草が舞い上がる。

その光景はまるで、流れた水が天へと帰っていくように。

「君を選んだこと……間違《まちが》いじゃなかったな」

そう呟き、殿下は私のほうを見る。

ずっと悲しそうだった。涙をぐっと堪えているように見えた。けれど今は、晴れている。

この青空のように。

「ありがとう。俺の大好きな空だ」

そう言って笑う。まるで、青空に輝く太陽のように。

私は思う。

「これから何度でも見られますよ。私が、見せます」

「──そうか。次の雨が、楽しみになりそうだな」

きっと、彼のお母様も……こんな風に笑っていたんだろう。

あとがき

読者の皆様初めまして、日之影ソラと申します。まず最初に、本作を手に取ってくださった方々への感謝を申し上げます。

現代では時代遅れとされるルーン魔術しか適性がなかった主人公が、その才能を買われて大活躍していくお話。

そして訳ありな王子様と心を通わせたり、頼れる仲間たちと絆を深めたり、楽しくもあり切なくもありの物語はいかがだったでしょうか？

少しでも面白い、続きが気になると思って頂けたなら幸いです。

本作ではルーン魔術というものを題材にしています。

魔法や魔術を使うキャラクターは異世界ファンタジーでは多いですが、意外とルーンとかルーン魔術を使うキャラクターって少ないですよね。

私もそこまでルーンについて詳しいわけじゃなかったので、この話を思いついた時はいろいろ調べました！

調べてみたら面白くて、ルーン文字自体は数少ないのに、一つ一つの文字に意味が複数あったり、解釈の違いがあったりするのが創作欲を駆り立てましたね！

同じ言葉や文字でも、受け取る対象や言った人によって意味が変わってくるのは、現実世界でもよくあることです。

何を言ったかよりも、誰が言ったのかが重要な場面も多くあります。本作で登場するルーン文字も、誰によって刻印されたのか。誰が想いを込めたのかが重要になってきます。

文字や言葉は時代を超えて残るものの一つです。こうして私が今、書いている文章も未来に残ると思うと感慨深くもあり、普通に恥ずかしいですね。

最後に、素敵なイラストを描いてくださった眠介先生を始め、書籍化作業に根気強く付き合ってくださった編集部のＳさん。ＷＥＢから読んでくださっている読者の方々など。本作に関わってくださった全ての方々に、今一度最上の感謝をお送りいたします。

それでは機会があれば、また二巻あとがきでお会いしましょう！

次巻予告

獣王連合国から無事に帰還したエリーは、
父に続いて兄・エイワスと顔を合わせることに。
ついに、王国にその居場所を知られてしまったエリーは、
慎重に次の動きを考えていた。

そんな危機的状況のさなか、帝国は5日間にわたる祝祭シーズンに突入!!
兄の動きを警戒する中、屋台に大道芸人、武術大会とお祭り騒ぎの帝都を、
エリーはアリスたちと楽しむことに——

どんな状況でも娘と祝祭を楽しむ天才令嬢による
大逆転復讐ざまぁファンタジー、第5弾!!

ブチ切れ令嬢は報復を誓いました。

The Furious Princess Decided to Take Revenge

——魔導書の力で祖国を叩き潰します——

5

2023年冬、発売予定!!

HJ COMICS
コミックス第2巻
大好評発売中!!
漫画 おおのいも

第2巻製作決定！
次は、逃亡魔王様の
楽しいダンジョンライフ!?
He had already retired!
引退魔王は悠々《ゆうゆう》自適《じてき》に暮らしたい
辺境で平穏な日々を送っていたら、女勇者が追ってきた
vol.1
山川海 著
YAMAKAWAUMI
illustration 鍋島テツヒロ

宿敵の女勇者リタと共に農村の
危機を救った引退魔王シグルド。
そんな彼は何故か農村から逃げて、
ルトイッツ地下迷宮を潜る
新米探索者シグさんとして、
新たな生活を始めていた!?
魔王としての力や知識をほどほどに活かし、
第三の生活を楽しむシグルド。
しかし、それを追いかけるようにリタもやってくるわ、
さらなる大事件にも巻き込まれるわ、
まだまだ落ち着けないようで——
新米探索者な魔王と、
不器用な純朴美少女勇者、
親密になった宿敵二人の
ドタバタダンジョンライフが始まる!!!

小説第⑧巻は2023年10月発売！
作画／大前貴史
原作／明鏡シスイ
キャラクター原案／tef
8
信じていた仲間達にダンジョン奥地で殺されかけたが
ギフト『無限ガチャ』で
レベル9999
の仲間達を
手に入れ
元パーティーメンバーと世界に復讐&
『ざまぁ！』します！
週刊少年マガジン公式アプリ
「マガポケ」にて
好評連載中!!
コミックス
最新第⑧巻も
好評発売中！
作画：大前 貴史
原作：明鏡シスイ キャラクター原案：tef

森辺の民たちが西方神の洗礼を受け終えたのを確認し、
監査官たちは王都へと帰還した。
これで一連の事件も終わったかと思いきや、
兵士がモルガの山に近づいたことが原因でモルガの三獣である
赤き野人がラントの川に流れついてしまう。
初めて見る赤き野人は、
人間と変わらない可愛らしい少女の姿をしていて……
Author EDA
Illust. こちも
異世界料理道
VOLUME 32
Cooking with wild game.

ファの家に新たな居候が
増える第32弾！
2024年
冬ごろ発売予定！

HJ NOVELS
HJN78-01

ルーン魔術だけが取り柄の不憫令嬢、天才王子に溺愛される 1
～婚約者、仕事、成果もすべて姉に横取りされた地味な妹ですが、ある日突然立場が逆転しちゃいました～

2023年9月19日　初版発行

著者――日之影ソラ

発行者―松下大介
発行所―株式会社ホビージャパン
〒151-0053
東京都渋谷区代々木2-15-8
電話　03(5304)7604（編集）
03(5304)9112（営業）

印刷所――大日本印刷株式会社

装丁――coil／株式会社エストール

Printed in Japan

ISBN978-4-7986-3274-2　C0076

ファンレター、作品のご感想
お待ちしております

〒151－0053　東京都渋谷区代々木2－15－8
(株)ホビージャパン HJノベルス編集部 気付
日之影ソラ 先生／眠介 先生